Una Mujer Sin Importancia

Por

Oscar Wilde

Copyright del texto © 2023 Culturea ediciones
Sitio web : http://culturea.fr
Impresión: BOD - Books on Demand
(Norderstedt, Alemania)
Correo electrónico : infos@culturea.fr
ISBN :9791041813322
Depósito legal : abril 2023
Queda prohibido reproducir parte alguna de
esta publicación,
en cualquier forma material, sin el premiso
por escrito
de los dos titulares del copyright.

PERSONAJES

LORD ILLINGWORTH

SIR JOHN PONTEFRACT

LORD ALFRED RUFFORD.

MR. KELVIL, miembro del Parlamento.

EL ARCHIDIÁCONO DAUBENY

GERALD ARBUTHNOT.

FARQUHAR, mayordomo.

FRANCIS, Criado.

LADY HUNSTANTON.

LADY CAROLINE PONTEFRACT.

LADY STUTHELD.

MISTRESS ALLONBY

MISS HESTER WORSLEY

ALICE, doncella.

MISTRESS ARBUTHNOT.

ACTO PRIMERO

Escena: prado frente a la terraza de Hunstanton Chase. La acción de la obra tiene lugar en unas veinticuatro horas.

Tiempo: el actual [del autor]. Sir John, lady Caroline Pontefract y miss Worsley están sentados en sillas, bajo un tejo corpulento.

LADY CAROLINE:

Creo que ésta es la primera casa de campo inglesa en la que vive usted, ¿verdad, miss Worsley?

HESTER:

Sí, lady Caroline.

LADY CAROLINE:

Me han dicho que tienen ustedes casas de campo en América.

HESTER:

No muchas.

LADY CAROLINE:

¿Y tienen ustedes lo que aquí llamamos campo?

HESTER (Sonriendo):

Tenemos el campo más grande del mundo, lady Caroline. Suelen decirnos en la escuela que algunos de nuestros estados son tan grandes como Inglaterra y Francia juntas.

LADY CAROLINE:

¡Ah! Supongo que sí. (A sir John.) John, deberías ponerte la bufanda. ¿De qué sirve que yo siempre esté haciéndote bufandas, si luego tú no las usas?

SIR JOHN:

Tengo mucho calor, Caroline, te lo aseguro.

LADY CAROLINE:

Creo que no, John. Bueno, no podía usted haber venido a un sitio más encantador que éste, miss Worsley, aunque la casa es excesivamente húmeda, de una humedad terrible, y la querida lady Hunstanton a veces no está muy acertada en la elección de la gente que invita aquí. (A sir John.) Jane hace demasiadas mezclas. Lord Illingworth, desde luego, es un hombre de gran distinción. Es un privilegio conocerlo. Y ese miembro del Parlamento, míster Kettle…

SIR JOHN:

Kelvil, querida, Kelvil.

LADY CAROLINE:

Debe de ser muy respetable. Nunca se ha oído su nombre, lo cual dice mucho en favor de una persona hoy día. Pero mistress Allonby no parece una dama muy satisfactoria.

HESTER:

No me gusta mistress Allonby. Me disgusta más de lo que puedo decir.

LADY CAROLINE:

No creo que los extranjeros como usted hagan bien en dejarse llevar por las simpatías o antipatías hacia la gente que tienen que tratar. Mistress Allonby es de muy buena cuna. Es sobrina de Lord Brancaster. Se dice, desde luego, que se escapó dos veces antes de casarse. Pero ya sabe usted lo mala que es la gente muchas veces. Yo creo que sólo se escapó una vez.

HESTER:

Míster Arbuthnot es encantador.

LADY CAROLINE:

¡Ah, sí! El joven empleado de banco. Lady Hunstanton es muy buena invitándolo aquí, y Lord Illingworth parece tenerle gran afecto. Sin embargo, no estoy segura de que Jane haga bien sacándolo de su posición. En mi juventud, miss Worsley, nunca había nadie en sociedad que tuviese que trabajar para vivir. No estaba bien visto.

HESTER:

En América, ésa es la gente que respetamos más.

LADY CAROLINE:

No me cabe duda.

HESTER:

¡Míster Arbuthnot tiene un bello carácter! Es tan simple y tan sincero. Tiene uno de los mejores caracteres que he conocido. Es un privilegio conocerlo.

LADY CAROLINE:

No es costumbre en Inglaterra, miss Worsley, que una mujer joven hable con tanto entusiasmo de una persona del sexo contrario. Las mujeres inglesas ocultan sus sentimientos hasta después de casadas. Entonces los muestran.

HESTER:

¿No conciben en Inglaterra la amistad entre un hombre y una mujer jóvenes? (Entra lady Hunstanton, seguida de un criado que trae chales y un almohadón.)

LADY CAROLINE:

Pensamos que es poco aconsejable. Jane, precisamente estábamos hablando de la bella reunión a la que nos ha invitado. Tienes un maravilloso don para elegir.

LADY HUNSTANTON:

¡Querida Caroline, qué amable eres! Creo que congeniaréis todos muy bien. Y espero que nuestra encantadora visitante americana se llevará un buen recuerdo de la vida de campo inglesa. (Al criado.) El almohadón póngalo ahí,

Francis. Y mi chal. El de Shetland. Tráigame el de Shetland. (Sale el criado. Entra Gerald Arbuthnot.)

GERALD:

Lady Hunstanton, tengo una buena noticia que comunicarle. Lord Illingworth acaba de ofrecerme el puesto de secretario suyo.

LADY HUNSTANTON:

¿Secretario suyo? Eso es magnífico, Gerald. Le auguro un brillante porvenir. Su querida madre se alegrará mucho. Realmente debo convencerla de que venga aquí esta noche. ¿Cree usted que vendrá, Gerald? Sé lo difícil que es hacerla ir a cualquier parte.

GERALD:

¡Oh! Estoy seguro de que vendrá, lady Hunstanton, si se entera de que Lord Illingworth me ha ofrecido el puesto de secretario suyo. (Entra el criado con el chal.)

LADY HUNSTANTON:

Le escribiré diciéndoselo y pidiéndole que venga a conocer a Lord Illingworth. (Al criado.) Espere un momento, Francis. (Escribe una carta.)

LADY CAROLINE:

Ésta es una maravillosa oportunidad para un joven como usted, míster Arbuthnot.

GERALD:

Lo es realmente, lady Caroline. Espero ser digno de esa confianza.

LADY CAROLINE:

Yo también espero que lo sea.

GERALD:

(A Hester) No me ha felicitado usted todavía, miss Worsley.

HESTER:

¿Está usted contento?

GERALD:

Naturalmente que sí. Esto significa todo para mí… Cosas en las que antes ni podía soñar, ahora tengo la esperanza de alcanzarlas.

HESTER:

Todo debería estar al alcance de la esperanza. La vida es una esperanza.

LADY HUNSTANTON:

Creo, Caroline, que a Lord Illingworth le gusta la diplomacia. He oído que le ofrecieron Viena. Pero puede no ser cierto.

LADY CAROLINE:

No creo que Inglaterra deba estar representada en el extranjero por hombres solteros, Jane. Puede acarrear complicaciones.

LADY HUNSTANTON:

Eres demasiado nerviosa, Caroline. Además, Lord Illingworth puede casarse cualquier día. Yo tenía la esperanza de que se casaría con lady Kelso. Pero creo que él dijo que tenía una familia demasiado grande. ¿O eran los pies? Lo he olvidado. Lo sentí mucho. Ella estaba hecha para ser la esposa de un embajador.

LADY CAROLINE:

Ciertamente tenía una maravillosa facultad para recordar los nombres de la gente y olvidar sus rostros.

LADY HUNSTANTON:

Bueno, eso es muy natural, Caroline, ¿no es cierto? (Al criado.) Dígale a Henry que espere contestación. He escrito unas líneas a su querida madre, Gerald, diciéndole la buena noticia y rogándole que venga a cenar. (Sale el criado.)

GERALD:

Es usted muy amable, lady Hunstanton. (A Hester.) ¿Quiere que demos un paseo, miss Worsley?

HESTER:

Encantada. (Sale con Gerald.)

LADY HUNSTANTON:

Estoy muy contenta de la buena suerte de Gerald Arbuthnot. Es un protegé mío. Y me agrada particularmente que Lord Illingworth le haya ofrecido ese puesto sin que yo le haya ni siquiera sugerido nada. A nadie le gusta que le pidan favores. Recuerdo a la pobre Charlotte Pagden que una temporada se hizo completamente impopular porque tenía una institutriz francesa que quería recomendar a todo el mundo.

LADY CAROLINE:

Vi a la institutriz, Jane. Lady Pagden me la envió. Fue antes que viniese Eleanor. Era demasiado bonita para estar en una casa respetable. No me extraña que lady Pagden estuviera tan ansiosa por deshacerse de ella.

LADY HUNSTANTON:

Eso lo explica todo.

LADY CAROLINE:

John, la hierba está demasiado húmeda para ti. Será mejor que te pongas inmediatamente tus botines.

SIR JOHN:

Me encuentro muy confortablemente, Caroline, te lo aseguro.

LADY CAROLINE:

Permítame que te diga que de esto sé más que tú, John. Te ruego que hagas lo que te he dicho. (Sir John se levanta y sale.)

LADY HUNSTANTON:

Le estropeas, Caroline; realmente es así. (Entran mistress Allonby y lady Stufeld. A mistress Allonby.) Bueno, querida, espero que le haya gustado el parque. Es famoso por su arbolado.

MISTRESS ALLONBY:

Los árboles son maravillosos, lady Hunstanton.

LADY STUTFIELD:

Completamente maravillosos.

MISTRESS ALLONBY:

Pero, sin embargo, creo que si yo viviese en el campo durante seis meses me volvería tan insignificante que nadie se preocuparía de mí.

LADY HUNSTANTON:

Le aseguro, querida, que el campo no produce esos efectos. Desde Melthorpe, que está solo a dos millas de aquí, fue desde donde se fugó lady Belton con Lord Fethesdale. Recuerdo el hecho perfectamente. El pobre Lord Belton murió tres días más tarde de alegría o de gota, ya lo he olvidado. En aquel momento había aquí una gran reunión, y todos nos interesamos mucho en el asunto.

MISTRESS ALLONBY:

Creo que la fuga es una cobardía. Huir del peligro. ¡Y el peligro es tan raro en la vida moderna!…

LADY CAROLINE:

Parece que las mujeres jóvenes de hoy día tienen como único objeto en sus vidas jugar con fuego.

MISTRESS ALLONBY:

La ventaja de jugar con fuego, lady Caroline, es que no nos quemamos. Sólo se quema la gente que no sabe jugar con él.

LADY STUTFIELD:

Sí; ya lo sé. Es muy útil.

LADY HUNSTANTON:

No sé lo que haría el mundo si tuviera una teoría como ésa, querida mistress Allomby.

LADY STUTFIELD:

¡Ah! El mundo está hecho para los hombres, no para las mujeres.

MISTRESS ALLONBY:

¡Oh, no diga eso, lady Stutfield! Nosotras estamos mucho mejor que ellos. Hay más cosas prohibidas para nosotras que para ellos.

LADY STUTFIELD:

Sí; eso es cierto, completamente cierto. No lo había pensado. (Entra sir John y míster Kelvil.)

LADY HUNSTANTON:

Bueno, míster Kelvil, ¿ha terminado usted ya su trabajo?

KELVIL:

Por hoy he terminado de escribir, lady Hunstanton. Ha sido una ardua tarea. Hoy día el hombre público necesita tener mucho tiempo. Y no creo que se reconozca adecuadamente su esfuerzo.

LADY CAROLINE:

John, ¿ya te has puesto los botines?

SIR JOHN:

Sí, amor mío.

LADY CAROLINE:

Creo que estarías mejor aquí, John. Está más resguardado.

SIR JOHN:

Estoy muy confortablemente, Caroline.

LADY CAROLINE:

Creo que no, John. Estarías mejor a mi lado. (Sir John se levanta y se acerca a ella.)

LADY STUTFIELD:

¿Y qué ha estado usted escribiendo esta mañana, míster Kelvil?

KELVIL:

He escrito sobre el tema de costumbre, lady Stutfield: sobre la pureza.

LADY STUTFIELD:

Ése debe de ser un tema muy interesante para escribir sobre él.

KELVIL:

Hoy día es un tema de importancia mundial, lady Stutfield. Me propongo enviar a mis electores un escrito sobre el asunto antes que se reúna el Parlamento. Creo que las clases más pobres de este país demuestran un gran deseo de poseer una ética muy elevada.

LADY STUTFIELD:

Pues qué encantador de parte de ellos.

LADY CAROLINE:

¿Le parece a usted bien que las mujeres tomen parte en la política, míster Senil?

SIR JOHN:

Kelvil, amor mío, Kelvil.

KELVIL:

La creciente influencia de las mujeres es algo alentador en nuestra vida política, lady Caroline. Las mujeres siempre están del lado de la moral, tanto pública como privada.

LADY STUTFIELD:

Es muy agradable oírle decir eso.

LADY HUNSTANTON:

¡Ah, sí! Las cualidades morales de la mujer… Ésa es una cosa importante. Temo, Caroline, que el querido Lord Illingworth no valora adecuadamente las cualidades morales de las mujeres. (Entra Lord Blingworth.)

LADY STUTFIELD:

La gente dice que Lord Illingworth es muy malo, muy malo.

LORD ILLINGWORTH:

Es enormemente horrorosa esa costumbre que tiene la gente de decir cosas contra uno, a espaldas suyas, que son absolutas verdades. (Se sienta junto a mistress Allonby.)

LADY STUTFIELD:

Yo sé que todos dicen que es usted malo.

LORD ILLINGWORTH:

Es enormemente monstruosa la costumbre que tiene la gente hoy día de decir cosas contra los demás, a espaldas suyas, que son absoluta y enteramente ciertas.

LADY HUNSTANTON:

El querido Lord Illingworth es un caso perdido, lady Stutfield. He intentado reformarla, pero al fin he renunciado. Habría que formar una compañía pública con un consejo de directores y un secretario. Pero usted ya tiene secretario, ¿verdad, Lord Illingworth? Gerald Arbuthnot nos ha hablado de su buena suerte; realmente es usted muy bueno.

LORD ILLINGWORTH:

¡Oh! No diga eso, lady Hunstanton. Bondad es una palabra horrible. Me agradó mucho el joven Arbuthnot cuando lo conocí, y me será considerablemente útil para algo que soy lo bastante loco para pensar en hacer.

LADY HUNSTANTON:

Es un joven admirable. Y su madre es una de mis más queridas amigas. Precisamente él acaba de ir a dar un paseo con nuestra bella americana. Es muy bonita, ¿verdad?

LADY CAROLINE:

Demasiado bonita. Estas muchachas americanas se llevan los mejores partidos. ¿Por qué no pueden quedarse en su país? Siempre se nos dice que aquello es el paraíso de las mujeres.

LORD ILLINGWORTH:

Lo es, lady Caroline. Y por eso, como Eva, todas están ansiosas por salir de él.

LADY CAROLINE:

¿Quiénes son los padres de miss Worsley?

LORD ILLINGWORTH:

Las mujeres americanas son lo bastante inteligentes para ocultar a sus padres.

LADY HUNSTANTON:

Mi querido Lord IIlingworth, ¿qué quiere usted decir? Lady Worsley es huérfana, Caroline. Su padre fue un gran millonario o un filántropo, o ambas cosas, según creo, que recibió a mi hijo muy hospitalariamente cuando visitó Boston. No sé cómo hizo su dinero.

KELVIL:

Supongo que a base de las mercancías americanas.

LADY HUNSTANTON:

¿Cuáles son las mercancías americanas?

LORD ILLINGWORTH:

Las novelas americanas.

LADY HUNSTANTON:

¡Qué singular!… Bueno, provenga de donde provenga su gran fortuna, yo tengo en gran estima a miss Worsley. Viste extremadamente bien. Compra sus vestidos en París.

MISTRESS ALLONBY:

Se dice, lady Hunstanton, que cuando los americanos buenos mueren, van a París.

LADY HUNSTANTON:

¿De veras? Y los americanos malos, cuando mueren, ¿adónde van?

LORD ILLINGWORTH:

¡Oh! Van a América.

KELVIL:

Temo que usted no aprecia a América, Lord Illingworth. Es un gran país, especialmente considerando su juventud.

LORD ILLINGWORTH:

La juventud de América es su más vieja tradición. Ahora tiene unos trescientos años. Al oírlos hablar, podría pensarse que están en su primera infancia. En cuanto a civilización, ellos están en la segunda.

KELVIL:

Indudablemente hay mucha corrupción en la política americana. ¿Supongo que alude usted a eso?

LORD ILLINGWORTH:

Me lo pregunto.

LADY HUNSTANTON:

Me han dicho que la política es algo muy triste en todas partes. Ciertamente en Inglaterra lo es. El querido míster Cardew está arruinando al país. Me pregunto por qué mistress Cardew se lo permite. Estoy segura, Lord Illingworth, de que usted no está de acuerdo con que a la gente inculta se le permita votar.

LORD ILLINGWORTH:

Creo que es la única gente que debería hacerlo. 5

KELVIL:

¿No es usted de ningún partido político, Lord Illingworth?

LORD ILLINGWORTH:

No debemos ser de ningún partido en nada, míster Kelvil. Decidirse a tomar partido es empezar a ser sincero, e inmediatamente después a ser formal, y entonces la existencia humana se haría inaguantable. Sin embargo, la Cámara de los Comunes realmente es poco dañina. La gente no puede hacerse buena por una orden del Parlamento…, eso ya es algo.

KELVIL:

No puede usted negar que la Cámara de los Comunes ha demostrado siempre gran simpatía por los sentimientos de la clase pobre.

LORD ILLINGWORTH:

Ése es un vicio muy especial. El vicio más particular de nuestra época. Deberíamos simpatizar con la alegría, la belleza, el color de la vida. Cuanto menos se hable de las penalidades del mundo, mejor, míster Kelvil.

KELVIL:

Pero nuestro East End es un problema muy importante.

LORD ILLINGWORTH:

Cierto. Es el problema de la esclavitud. E intentamos resolverlo divirtiendo a los esclavos.

LADY HUNSTATON:

Ciertamente puede hacerse mucho por medio de los entretenimientos baratos, como usted dice, Lord Illingworth. El querido doctor Daubeny, nuestro párroco aquí, organiza, con ayuda de sus vicarios, unos recreos realmente admirables durante el invierno para la gente pobre. Y se puede hacer mucho bien con una linterna mágica o cualquier otra diversión popular por el estilo.

LADY CAROLINE:

Yo no estoy de acuerdo con todo eso, Jane. Mantas y carbón son suficientes. Hay mucho amor al placer entre las clases altas. Lo que se desea en la vida moderna es salud.

KELVIL:

Está usted en lo cierto, lady Caroline.

LADY CAROLINE:

Creo que generalmente estoy en lo cierto siempre.

MISTRESS ALLONBY:

¡Salud! Horrible palabra.

LORD ILLINGWORTH:

Una palabra tonta en nuestro idioma; todos saben muy bien cuál es la idea corriente sobre la salud. El caballero rural inglés galopando tras un zorro… Lo inexplicable persiguiendo a lo incomible.

KELVIL:

¿Puedo preguntarle, Lord Illingworth, si considera usted la Cámara de los Lores como una institución mejor que la Cámara de los Comunes?

LORD ILLINGWORTH:

Una institución mucho mejor, desde luego. Nosotros, los miembros de la Cámara de los Lores, nunca estamos en contacto con la opinión pública. Eso nos hace ser más civilizados.

KELVIL:

¿Habla usted en serio al decir eso?

LORD ILLINGWORTH:

Completamente en serio, míster Kelvil. (A mistress Allonby.) ¡Qué costumbre tiene la gente hoy día de preguntar, cuando uno expone una idea, si habla en serio o no! Nada es serio excepto la pasión. La inteligencia no es una cosa seria, nunca lo ha sido. Es un instrumento en el que se toca, eso es todo. La única inteligencia seria que yo conozco es la británica. Y sobre ella los ignorantes tocan el tambor.

LADY HUNSTANTON:

¿Qué dice usted de tambor, Lord Illingworth?

LORD ILLINGWORTH:

Simplemente estaba hablando con mistress Allonby sobre los artículos de fondo de los periódicos de Londres.

LADY HUNSTANTON:

Pero ¿cree usted todo lo que se escribe en los periódicos?

LORD ILLINGWORTH:

Sí. Hoy día lo único que ocurre es lo ilegible. (Se levanta con mistress Allonby.)

LADY HUNSTANTON:

¿Se va usted, mistress Allonby?

MISTRESS ALLONBY:

Al invernadero. Lord Illingworth me ha dicho esta mañana que hay allí una orquídea tan bella como los siete pecados capitales.

LADY HUNSTANTON:

Querida, espero que no haya nada de eso. Ciertamente tendré que hablar con el jardinero. (Salen mistress Allonby y Lord Illingworth.)

LADY CAROLINE:

Gran mujer mistress Allonby.

LADY HUNSTANTON:

A veces se deja llevar por su lengua inteligente.

LADY CAROLINE:

¿Es la única cosa por la que mistress Allonby se deja llevar, Jane?

LADY HUNSTANTON:

Supongo que sí, Caroline; estoy segura. (Entra Lord Alfred.) Querido Lord Alfred, únase a nosotros. (Lord Alfred se sienta junto a lady Stutfield.)

LADY CAROLINE:

Crees bueno a todo el mundo, Jane. Ése es un gran error.

LADY STUTFIELD:

¿Cree usted realmente, lady Caroline, que deberíamos creer malo a todo el mundo?

LADY CAROLINE:

Creo que es mucho más seguro, lady Stutfield. Eso, naturalmente, hasta llegar a saber que la gente es buena. Pero tal cosa, hoy día, requiere mucha investigación.

LADY STUTFIELD:

¡Hay escándalos tan horribles en la vida moderna!

LADY CAROLINE:

Lord Illingworth me dijo anoche durante la cena que la base de todo escándalo es una certeza completamente inmoral.

KELVIL:

Lord Illingworth es, desde luego, un hombre muy brillante, pero me parece que no tiene esa hermosa fe en la nobleza y la pureza de la vida que tan importante es en nuestro país.

LADY STUTFIELD:

Sí, es muy importante, ¿verdad?

KELVIL:

Me da la impresión de ser un hombre que no aprecia la belleza de nuestra vida doméstica inglesa. Se diría que está influido por las erróneas ideas extranjeras sobre esa cuestión.

LADY STUTFIELD:

No hay nada, nada como la belleza de la vida doméstica, ¿verdad?

KELVIL:

Es el fundamento del sistema moral inglés, lady Stutfield. Sin ella nosotros seríamos como nuestros vecinos.

LADY STUTFIELD:

Eso sería tan triste, ¿verdad?

KELVIL:

Temo que Lord Illingworth considere a la mujer como un simple juguete. Yo nunca la he considerado así. La mujer es el apoyo intelectual del hombre, tanto en la vida pública como en la privada. Sin ella olvidaríamos nuestros verdaderos ideales. (Se sienta junto a lady Stutfield.)

LADY STUTFIELD:

Estoy muy contenta de oírlo decir eso.

LADY CAROLINE:

¿Está usted casado, míster Kettle?

SIR JOHN:

Kelvil, querida, Kelvil.

KELVIL:

Estoy casado, lady Caroline.

LADY CAROLINE:

¿Con hijos?

KELVIL:

Sí.

LADY CAROLINE:

¿Cuántos?

KELVIL:

Ocho. (Lady Stuprield vuelve su atención hacia Lord Alfred.)

LADY CAROLINE:

¿Mistress Kettle y los niños estarán en la playa supongo? (Sir John se encoge de hombros.)

KELVIL:

Mi esposa está en la playa con los niños, lady Caroline.

LADY CAROLINE:

¿Seguramente se unirá a ellos más tarde?

KELVIL:

Si mis compromisos públicos me lo permiten.

LADY CAROLINE:

SU vida pública debe de causar gran satisfacción a mistress Kettle.

SIR JOHN:

Kelvil, amor mío, Kelvil.

LADY STUTFIELD:

(A Lord Alfred.) ¡Qué deliciosos son esos cigarrillos de boquilla dorada que tiene usted, Lord Alfred!

LORD ALFRED:

Son terriblemente caros. Sólo puedo comprarlos cuando tengo deudas.

LADY STUTFIELD:

Debe de ser terrible tener deudas, realmente terrible.

LORD ALFRED:

Hoy día hay que tener una ocupación. Si no tuviese mis deudas, no sabría en qué pensar. Todos mis amigos tienen deudas.

LADY STUTFIELD:

Pero la gente a la que debe el dinero, ¿no le causa grandes molestias? (Entra el criado.)

LORD ALFRED:

¡Oh, no! Ellos escriben; yo no.

LADY STUTFIELD:

¡Qué extraño, qué extraño!

LADY HUNSTANTON:

¡Ah, Caroline! Aquí está la carta de la querida mistress Arbuthnot. No vendrá a cenar. Lo siento. Pero vendrá después. Me alegro muchísimo. Es una de las mujeres más dulces. Tiene una bella letra, tan grande, tan firme. (Le tiende la carta a lady Caroline.)

LADY CAROLINE:

(La mira.) Le falta feminidad, Jane. La feminidad es la cualidad que yo admiro más en la mujer.

LADY HUNSTANTON:

(Cogiendo la carta y dejándola sobre la mesa.) ¡Oh! Es muy femenina, Caroline, y muy buena. Deberías oír lo que dice de ella el archidiácono. Es su mano derecha en la parroquia. (El criado le dice algo.) En el salón amarillo. ¿Vamos todos adentro? Lady Stutfield, ¿vamos a tomar el té?

LADY STUTFIELD:

Encantada, lady Hunstanton. (Se levantan todos para irse. Sir John se ofrece a llevarle la capa a lady Stutfield.)

LADY CAROLINE:

¡John! Si permitieses a tu sobrino que llevara la capa de lady Stutfield, tú podrías llevar mi cesto de costura. (Entran Lord Illingworth y mistress Allonby.)

SIR JOHN:

Desde luego, amor mío. (Salen.)

MISTRESS ALLONBY:

Cosa curiosa: las mujeres feas siempre están celosas de sus maridos; las bonitas, nunca.

LORD ILLINGWORTH:

Las bonitas no tienen tiempo. Siempre se encuentran ocupadas en estar celosas de los maridos de las demás.

MISTRESS ALLONBY:

Creí que lady Caroline se había cansado ya de esas preocupaciones conyugales. ¡Sir John es su cuarto marido!

LORD ILLINGWORTH:

No está bien casarse tantas veces. Veinte años de romance hacen que una mujer parezca una ruina; pero veinte años de matrimonio la convierten en algo así como un edificio público.

MISTRESS ALLONBY:

¡Veinte años de romance! ¿Existe tal cosa?

LORD ILLINGWORTH:

En nuestros días, no. Las mujeres han llegado a ser muy inteligentes y ocurrentes. Nada estropea tanto un romance como el sentido del humor de la mujer.

MISTRESS ALLONBY:

O la carencia de él en el hombre.

LORD ILLINGWORTH:

Tiene razón. En un templo todos deben estar serios, excepto el objeto que es adorado.

MISTRESS ALLONBY:

¿Y ése debería ser el hombre?

LORD ILLINGWORTH:

Las mujeres se arrodillan graciosamente; los hombres, no.

MISTRESS ALLONBY:

¡Está usted pensando en lady Stutfield!

LORD ILLINGWORTH:

Le aseguro que no he pensado en lady Stutfield desde hace un cuarto de hora.

MISTRESS ALLONBY:

¿Es ella un misterio tan grande?

LORD ILLINGWORTH:

Es más que un misterio… Es un capricho.

MISTRESS ALLONBY:

Los caprichos no duran.

LORD ILLINGWORTH:

Es su principal encanto. (Entran Hester y Gerald.)

GERALD:

Lord Illingworth, todos me han felicitado: lady Hunstanton, lady Caroline y… todos. Espero que seré un buen secretario.

LORD ILLINGWORTH:

Será el secretario modelo, Gerald. (Habla con él.)

MISTRESS ALLONBY:

¿Le gusta la vida de campo, miss Worsley?

HESTER:

Mucho.

MISTRESS ALLONBY:

¿No tiene ganas de asistir a una fiesta en Londres?

HESTER:

No me gustan las reuniones en Londres.

MISTRESS ALLONBY:

Yo las adoro. La gente inteligente nunca escucha y los estúpidos nunca hablan.

HESTER:

Creo que los estúpidos hablan mucho.

MISTRESS ALLONBY:

¡Ah! ¡Yo nunca escucho!

LORD ILLINGWORTH:

Mi querido muchacho, si no me agradara usted, no le habría hecho esa oferta. Es porque me agrada mucho por lo que quiero tenerlo conmigo. (Salen Hester y Gerald.) ¡Un muchacho encantador Gerald Arbuthnot!

MISTRESS ALLONBY:

Es muy agradable, muy agradable. Pero no puedo soportar a la joven americana.

LORD ILLINGWORTH:

¿Por qué?

MISTRESS ALLONBY:

Me dijo ayer en voz alta que tenía dieciocho años. Fue muy molesto.

LORD ILLINGWORTH:

No debería permitírsele a una mujer que dijese su verdadera edad. Una mujer que dijese eso sería capaz de decirlo todo.

MISTRESS ALLONBY:

Además es una puritana…

LORD ILLINGWORTH:

¡Ah! Eso es inexcusable. No me importa que las mujeres feas sean puritanas. Es la única excusa que tienen para ser feas. Pero ella es muy bonita. La admiro enormemente. (Mira fijamente a mistress Allonby.)

MISTRESS ALLONBY:

¡Qué hombre tan malo debe de ser usted!

LORD ILLINGWORTH:

¿A qué le llama usted ser hombre malo?

MISTRESS ALLONBY:

Al que admira la inocencia.

LORD ILLINGWORTH:

¿Y una mujer mala?

MISTRESS ALLONBY:

¡Oh! La clase de mujer de la que nunca se cansa un hombre.

LORD ILLINGWORTH:

Es usted severa… consigo misma.

MISTRESS ALLONBY:

Definanos como sexo.

LORD ILLINGWORTH:

Esfinges sin secretos.

MISTRESS ALLONBY:

¿Eso también incluye a las puritanas?

LORD ILLINGWORTH:

¿Sabe usted que yo no creo en la existencia de las mujeres puritanas? No creo que haya una mujer en el mundo que no se sienta un poco halagada si uno le hace el amor. Eso es lo que hace a las mujeres tan irresistiblemente adorables.

MISTRESS ALLONBY:

¿Cree usted que no hay una mujer en el mundo que se resista a ser besada?

LORD ILLINGWORTH:

Muy pocas.

MISTRESS ALLONBY:

Miss Worsley no le dejaría que la besase.

LORD ILLINGWORTH:

¿Está usted segura?

MISTRESS ALLONBY:

Completamente.

LORD ILLINGWORTH:

¿Qué cree usted que haría ella si yo la besase?

MISTRESS ALLONBY:

Se casaría con usted o le cruzaría la cara con su guante. ¿Qué haría usted si le cruzase la cara con su guante?

LORD ILLINGWORTH:

Probablemente me enamoraría de ella.

MISTRESS ALLONBY:

¡Entonces es mejor que no la bese!

LORD ILLINGWORTH:

¿Eso es un reto?

MISTRESS ALLONBY:

Es una flecha lanzada al aire.

LORD ILLINGWORTH:

¿No sabe usted que yo siempre consigo lo que quiero?

MISTRESS ALLONBY:

Siento oír eso. Las mujeres adoramos los fracasos. Así los hombres se apoyan en nosotras.

LORD ILLINGWORTH:

Ustedes adoran el éxito. Se agarran a él.

MISTRESS ALLONBY:

Somos los laureles que ocultan su calvicie.

LORD ILLINGWORTH:

Y nosotros siempre las necesitamos, excepto en el momento del triunfo.

MISTRESS ALLONBY:

Entonces pierden ustedes todo interés.

LORD ILLINGWORTH:

Es usted un suplicio. (Una pausa.)

MISTRESS ALLONBY:

Lord Illingworth, hay una cosa por la que siempre me ha gustado usted.

LORD ILLINGWORTH:

¿Sólo una cosa? ¡Y yo que tengo tantos defectos!

MISTRESS ALLONBY:

¡Oh! No se vanaglorie de ellos. Puede perderlos cuando se haga viejo.

LORD ILLINGWORTH:

Nunca pienso ser viejo. El alma nace vieja y se va haciendo joven. Ésa es la comedia de la vida.

MISTRESS ALLONBY:

Y el cuerpo nace joven y se va haciendo viejo. Ésa es la tragedia.

LORD ILLINGWORTH:

Y la comedia también, a veces. Pero ¿cuál es la misteriosa razón por la que yo siempre le he gustado?

MISTRESS ALLONBY:

Porque nunca me ha hecho el amor.

LORD ILLINGWORTH:

Nunca he hecho otra cosa.

MISTRESS ALLONBY:

¿Sí? No lo había notado.

LORD ILLINGWORTH:

¡Qué mala suerte! Podía haber sido una tragedia para los dos.

MISTRESS ALLONBY:

Hubiéramos sobrevivido.

LORD ILLINGWORTH:

Se puede sobrevivir a todo hoy día excepto a la muerte, y soportarlo todo excepto la buena reputación.

MISTRESS ALLONBY:

¿Ha intentado usted crearse una buena reputación?

LORD ILLINGWORTH:

Es una de las muchas molestias a las que nunca he estado sujeto.

MISTRESS ALLONBY:

Podría sucederle.

LORD ILLINGWORTH:

¿Por qué me amenaza?

MISTRESS ALLONBY:

Se lo diré cuando haya besado a la puritana. (Entra el criado.)

FRANCIS:

El té está servido en el salón amarillo, milord.

LORD ILLINGWORTH:

Dígale a la señora que ya vamos.

FRANCIS:

Sí, milord. (Sale.)

LORD ILLINGWORTH:

¿Vamos a tomar el té?

MISTRESS ALLONBY:

¿Le gustan los placeres sencillos?

LORD ILLINGWORTH:

Los adoro. Son el último refugio de lo complejo. Pero, si lo desea, nos quedamos aquí. Sí, quedémonos aquí. El libro de la vida empieza con un hombre y una mujer en un jardín.

MISTRESS ALLONBY:

Y acaba con el Apocalipsis.

LORD ILLINGWORTH:

Se defiende usted divinamente. Pero se ha caído el botón de su florete.

MISTRESS ALLONBY:

Pero todavía tengo la careta.

LORD ILLINGWORTH:

Hace sus ojos más hermosos.

MISTRESS ALLONBY:

Gracias. Vamos.

LORD ILLINGWORTH:

(Ve la carta de mistress Arbuthnot sobre la mesa, la coge y mira el sobre.) ¡Qué letra tan curiosa! Me recuerda la de una mujer que conocí hace años.

MISTRESS ALLONBY:

¿Quien?

LORD ILLINGWORTH:

¡Oh! Nadie. Nadie en particular. Una mujer sin importancia. (Deja la carta y sube las escaleras de la terraza con mistress Allonby. Se sonríen uno a otro.)

TELÓN.

ACTO SEGUNDO

Escena: salón de Hunstanton Chase después de la cena. Luces encendidas. Puertas a izquierda y derecha. Las mujeres están sentadas en el sofá.

MISTRESS ALLONBY:

¡Qué bien se está un rato sin los hombres!

LADY STUTFIELD:

Sí; los hombres nos persiguen horriblemente, ¿verdad?

MISTRESS ALLONBY:

¿Perseguirnos? Desearía que lo hiciesen.

LADY HUNSTANTON:

¡Querida!

MISTRESS ALLONBY:

Lo malo es que pueden ser perfectamente felices sin nosotras. Por eso creo que el deber de toda mujer es no dejarlos solos ni un momento, excepto durante este rato de después de la cena, sin el cual creo que nosotras, las pobres mujeres, nos convertiríamos por completo en sombras. (Entran criados con el café.)

LADY HUNSTANTON:

¿Convertirnos en sombras, querida?

MISTRESS ALLONBY:

Sí, lady Hunstanton. Es difícil mantener a los hombres. Siempre están intentando escapársenos.

LADY STUTFIELD:

Me parece que somos nosotras las que queremos escapar de ellos. Los hombres no tienen corazón. Conocen su poder y lo utilizan.

LADY CAROLINE:

(Coge el café de manos de un criado.) ¡Qué cantidad de tonterías sobre los hombres! Lo que hay que hacer es mantener a los hombres en su lugar.

MISTRESS ALLONBY:

Pero ¿cuál es su lugar, lady Caroline?

LADY CAROLINE:

Tienen que cuidar de sus esposas, mistress Allonby.

MISTRESS ALLONBY:

(Cogiendo el café que le da un criado.) ¿De veras? ¿Y si no están casados?

LADY CAROLINE:

Si no están casados, deberían buscar esposa. Es escandalosa la cantidad de solteros que hay en sociedad. Debería haber una ley que los obligase a casarse en un año como mucho.

LADY STUTFIELD:

(Rechaza su café.) Pero ¿si están enamorados de una mujer ligada a otro hombre?

LADY CAROLINE:

En ese caso, lady Stutfield, deberían casarse en menos de una semana con una fea y respetable muchacha que les enseñase a no desear las propiedades ajenas.

MISTRESS ALLONBY:

No creo que debamos hablar de nosotras como si fuésemos propiedad de otros. Todos los hombres casados son propiedad de la mujer. Ésa es la única definición de lo que es realmente la propiedad de la mujer casada. Pero nosotras no pertenecemos a nadie.

LADY STUTFIELD:

¡Oh! Me alegro mucho de oírla decir eso.

LADY HUNSTANTON:

Pero ¿crees realmente, querida Caroline, que la legislación puede hacer que algo mejore? Me han dicho que hoy día los hombres casados viven como solteros y los solteros como casados.

MISTRESS ALLONBY:

Ciertamente yo nunca he distinguido unos de otros.

LADY STUTFIELD:

¡Oh! Creo que se puede saber fácilmente si un hombre tiene que mantener un hogar o no. He notado una expresión muy triste en los ojos de muchos hombres casados.

MISTRESS ALLONBY:

¡Ah! Todo lo que yo he notado es que son horriblemente aburridos cuando son buenos maridos y abominablemente engreídos cuando no lo son.

LADY HUNSTANTON:

Bueno; supongo que el marido ha cambiado desde mi juventud, pero puedo decir que mi pobre y querido Hunstanton era la más deliciosa de las criaturas y tan bueno como el que más.

MISTRESS ALLONBY:

¡Ah! Mi marido es una especie de factura: estoy cansada de pagarlo.

LADY CAROLINE:

Pero usted lo renueva de cuando en cuando, ¿verdad?

MISTRESS ALLONBY:

¡Oh, no, lady Caroline! Sólo he tenido un marido. Supongo que me mirará usted como a una aficionada.

LADY CAROLINE:

Con sus puntos de vista sobre la vida, me extraña que se haya casado.

MISTRESS ALLONBY:

A mí también.

LADY HUNSTANTON:

Mi querida niña, creo que es usted realmente feliz en su vida matrimonial, pero que le gusta ocultar a los, demás su felicidad.

MISTRESS ALLONBY:

Le aseguro que Ernest me causó una gran desilusión.

LADY HUNSTANTON:

¡Oh! Espero que no sea cierto, querida. Conocí muy bien a su madre. Era una Stratton, Caroline, una de las hijas de Lord Crowland.

LADY CAROLINE:

¿Victoria Sratton? La recuerdo perfectamente. Una mujer rubia, tonta y sin barbilla.

MISTRESS ALLONBY:

¡Ah! Ernest tenía barbilla. Tenía una barbilla fuerte y cuadrada. Era demasiado cuadrada.

LADY STUTFIELD:

Pero ¿cree usted realmente que la barbilla de un hombre puede ser demasiado cuadrada? Yo pienso que un hombre debe ser muy fuerte y su barbilla muy cuadrada.

MISTRESS ALLONBY:

Entonces seguro que conocería a Ernest, lady Stutfield. Pero debo decirle que carece de conversación.

LADY STUTFIELD:

Adoro a los hombres callados.

MISTRESS ALLONBY:

¡Oh! Ernest no es callado. Habla continuamente. Pero no tiene conversación. No sé de lo que habla. Hace años que no lo escucho.

LADY CAROLINE:

Entonces ¿nunca lo ha perdonado? ¡Qué triste es eso! Pero la vida en sí es muy triste, muy triste, ¿verdad?

MISTRESS ALLONBY:

La vida, lady Stutfield, es simplemente un «mauvais quart d'heure» hecho con momentos exquisitos.

LADY STUTFIELD:

Sí, hay momentos, ciertamente. Pero ¿fue algo muy malo lo que hizo míster Allonby? ¿Se encolerizó con usted o dijo algo poco amable o que era verdad?

MISTRESS ALLONBY:

¡Oh, querida! No; Ernest es invariablemente tranquilo. Ésa es una de las razones por la que siempre me pone nerviosa. Nada hay tan inaguantable como la calma. Hay algo brutal en el buen carácter de la mayoría de los hombres modernos. Me admiro de que las mujeres podamos soportarlo tan bien como lo hacemos.

LADY STUTFIELD:

Sí; el buen carácter de los hombres demuestra que no son sensibles como nosotras. Abre una gran barrera entre marido y mujer, ¿verdad? Pero me gustaría mucho saber qué fue lo que hizo de malo míster Allonby.

MISTRESS ALLONBY:

Bueno; se lo diré si me promete solemnemente contárselo a todo el mundo.

LADY STUTFIELD:

Gracias, gracias. Será un gran placer contarlo.

MISTRESS ALLONBY:

Cuando Ernest y yo nos prometimos, me juró de rodillas que no había amado a otra mujer en su vida. Yo era muy joven entonces, así que no lo creí, como es natural. Sin embargo, por desgracia no empecé a hacer averiguaciones hasta unos cinco meses después de casada. Entonces me enteré de que lo que me había dicho era absolutamente cierto. Y esa clase de cosas hacen perder por completo el interés en un hombre.

LADY HUNSTANTON:

¡Querida!

MISTRESS ALLONBY:

Los hombres siempre quieren ser el primer amor de una mujer. Eso halaga su vanidad. Las mujeres tenemos un instinto más sutil de las cosas. Nos gusta ser el último amor del hombre.

LADY STUTFIELD:

Ya veo lo que quiere usted decir. Es muy, muy bello.

LADY HUNSTANTON:

Querida mía, ¿no querrá usted decir que no ha perdonado a su marido porque nunca amó a otra sino a usted? ¿Has oído alguna vez tal cosa, Caroline? Estoy enormemente sorprendida.

LADY CAROLINE:

¡Oh! Las mujeres se han desarrollado mucho, Jane. Nada sorprende hoy día, excepto los matrimonios felices. Son rarísimos.

MISTRESS ALLONBY:

¡Oh! Están fuera de lugar.

LADY STUTFIELD:

Excepto entre la clase media, según me han dicho.

MISTRESS ALLONBY:

¡Va mucho con ella!

LADY STUTFIELD:

Sí, ¿verdad? Es cierto, muy cierto.

LADY CAROLINE:

Si lo que nos dice usted de la clase media es cierto, lady Stutfield, eso la acredita mucho. Es terrible que entre los de nuestra clase la esposa persista en ser trivial, bajo la falsa impresión de que tiene que ser así. A eso le atribuyo yo la infidelidad de muchos de los matrimonios que todos conocemos en sociedad.

MISTRESS ALLONBY:

¿Sabe usted, lady Caroline, que yo no creo que la frivolidad de la mujer tenga nada que ver con eso? Muchos matrimonios fracasan por el sentido común del marido más que por otra cosa. ¿Cómo puede esperar ser feliz una mujer con un hombre que insiste en tratarla como si fuese un ser perfectamente racional?

LADY HUNSTANTON:

¡Querida!

MISTRESS ALLONBY:

El hombre, el pobre, necesario y confiado hombre, pertenece a un sexo que ha sido racional durante millones y millones de años. Tiene que ser así. Es algo que lleva dentro. La historia de la mujer es muy diferente. Siempre hacemos pintorescas protestas contra la mera existencia del sentido común. Vimos su peligro desde el principio.

LADY STUTFIELD:

Sí; el sentido común de los maridos es ciertamente muy, muy penoso. ¿Cuál es su concepto del marido ideal?

MISTRESS ALLONBY:

¿El marido ideal? No puede haber tal cosa. Es un error.

LADY STUTFIELD:

El hombre ideal, entonces, en su relación con nosotras.

LADY CAROLINE:

Probablemente, sería muy realista.

MISTRESS ALLONBY:

¡El hombre ideal! ¡Oh! El hombre ideal sería el que nos hablase como si fuéramos diosas y nos tratase como si fuéramos niñas. Nos negaría todas nuestras peticiones serias y satisfaría nuestros caprichos. Nos prohibiría ejercer misiones. Siempre diría mucho más de lo que en realidad quisiese decir y querría decir mucho más de lo que dijese.

LADY HUNSTANTON:

Pero ¿cómo puede ser eso, querida?

MISTRESS ALLONBY:

No perseguiría a otras mujeres bonitas. Eso demostraría su falta de gusto, o harta sospechar que tenía demasiado. No; sería amable con todas, pero diría que ninguna le atraía.

LADY STUTFIELD:

Sí; es muy, muy agradable oír hablar de otras mujeres.

MISTRESS ALLONBY:

Si le preguntásemos algo, tendría que contestarnos hablándonos de nosotras. Invariablemente, debería ensalzar en nosotras cualidades que supiera que no teníamos. Pero debe ser despiadado en grado sumo para reprocharnos virtudes que jamás hemos soñado en tener. Nunca debe creer que conocemos la utilidad de las cosas útiles. Eso sería imperdonable. Pero debe darnos siempre todo lo que no necesitamos.

LADY CAROLINE:

Por lo que veo, no haría otra cosa que pagar facturas y hacernos cumplidos.

MISTRESS ALLONBY:

Debe comprometernos siempre en público y tratarnos con absoluto respeto cuando estuviésemos solos. También debe estar siempre dispuesto a hacer una escena terrible cuando nosotras queramos, a sentirse miserable cuando se lo indiquemos, a dirigirnos justos reproches durante veinte minutos, a ser violento a la media hora, y a dejarnos para siempre a las ocho menos cuarto, cuando tenemos que vestirnos para la cena. Y cuando, después de esto, lo hayamos visto realmente por última vez, se haya negado a aceptar la devolución de los pequeños regalos que nos haya hecho y nos haya prometido no volver a vernos nunca o no volver a escribirnos cartas tontas, debería estar con el corazón destrozado, telegrafiarnos durante todo el día, enviarnos pequeñas notas cada media hora y cenar completamente solo en el club, para que todos viesen lo desgraciado que era. Y después de toda una horrible semana, durante la cual una se ha ido con su marido a cualquier parte, para demostrar lo absolutamente sola que se encuentra, se le puede conceder una última despedida definitiva, por la noche, y entonces, si su conducta ha sido irreprochable y una ha sido realmente mala con él, se le puede permitir que admita que la culpa ha sido enteramente suya, y una vez hecho esto es deber de la mujer el perdonarlo, y entonces se puede volver a empezar, con variaciones.

LADY STUTFIELD:

Gracias, gracias. Ha sido algo muy bueno. Debo intentar recordarlo. Hay gran número de detalles que son muy, muy importantes.

LADY CAROLINE:

Pero no nos ha dicho todavía cuál sería la recompensa del hombre ideal.

MISTRESS ALLONBY:

¿Su recompensa? ¡Oh! Una espera infinita. Eso es bastante para él.

LADY STUTFIELD:

Pero los hombres son terriblemente exigentes, ¿verdad?

MISTRESS ALLONBY:

Eso no importa. Una no debe nunca rendirse.

LADY STUTFIELD:

¿Ni aún ante el hombre ideal?

MISTRESS ALLONBY:

Ciertamente que no. A menos, naturalmente, que una quiera cansarse de él.

LADY STUTFIELD:

¡Ah!… Sí. Ya comprendo. ¿Cree usted, mistress Allonby, que encontraré el hombre ideal? ¿O no hay más que uno?

MISTRESS ALLONBY:

En Londres hay exactamente cuatro, lady Stutfield.

LADY HUNSTANTON:

¡Oh querida!

MISTRESS ALLONBY:

(Yendo hacia ella.) ¿Qué ha ocurrido? Dígame.

LADY HUNSTANTON:

(En voz baja.) Había olvidado por completo que la joven americana estaba en la habitación. Temo que su interesante charla le haya chocado un poco.

MISTRESS ALLONBY:

¡Ah! ¡Le habrá venido muy bien!

LADY HUNSTANTON:

Esperemos que no haya entendido mucho. Creo que sería mejor acercarse y hablar con ella. (Se levanta y va hacia Hester Worsley.) Bueno, querida miss

Worsley… (Se sienta junto a ella.) ¡Ha estado usted muy callada en este rincón todo el tiempo! ¿Ha estado leyendo? Hay muchos libros aquí, en la biblioteca.

HESTER:

No; he estado escuchando la conversación.

LADY HUNSTANTON:

No debe creer todo lo que se ha dicho, querida.

HESTER:

No he creído nada.

LADY HUNSTANTON:

Ha hecho bien, querida.

HESTER:

(Continuando.) No podría creer que una mujer tuviera ideas sobre la vida tales como las que esta noche he oído de labios de algunas de sus invitadas. (Una pausa.)

LADY HUNSTANTON:

He oído que en América la sociedad es muy agradable. Como la nuestra en algunos sitios, según me escribe mi hijo.

HESTER:

Hay reuniones en América, como en todas partes, lady Hunstanton. Pero la verdadera sociedad americana está formada simplemente por los hombres y mujeres buenos del país.

LADY HUNSTANTON:

¡Qué sistema tan sensato! Y me atrevo a decir que también muy agradable. Temo que en Inglaterra poseamos demasiadas barreras sociales. No sabemos tanto como debiéramos de las clases medias y bajas.

HESTER:

En América no hay clases bajas.

LADY HUNSTANTON:

¿De veras? ¡Qué extraño!

MISTRESS ALLONBY:

¿De qué está hablando esa horrible muchacha?

LADY STUTFIELD:

Es muy vulgar, ¿verdad?

LADY CAROLINE:

Me han dicho que carecen de muchas cosas en América, miss Worsley. Se dice que no poseen ruinas ni curiosidades.

MISTRESS ALLONBY:

(A lady Stutfield.) ¡Qué tontería! Tienen sus padres y sus modales.

HESTER:

La aristocracia inglesa nos surte de curiosidades, lady Caroline. Nos las envía todos los veranos por barco, regularmente, y las expone al día siguiente de la llegada. En cuanto a ruinas, estamos intentando construir algo que dure más que el ladrillo y la piedra. (Se levanta para coger su abanico de la mesa.)

LADY HUNSTANTON:

¿Y qué es, querida? ¡Ah, sí! Una exposición de hierro en ese lugar que tiene un nombre tan curioso, ¿verdad?

HESTER:

(En pie, junto a la mesa.) Estamos intentando construir la vida, lady Hunstanton, sobre una base mejor, más verdadera, más pura, que la base sobre la que aquí descansa. No hay duda de que esto les extrañará. ¿Cómo no podía extrañarles? Ustedes, la gente rica de Inglaterra, no saben cómo viven. ¿Cómo lo van a saber? Han cerrado la sociedad para los buenos. Se ríen del ser sencillo y puro. Viviendo, como lo hacen ustedes, por encima de los demás, se burlan del sacrificio y si arrojan pan al pobre es para tenerlo tranquilo una temporada. Con toda su fastuosidad, su fortuna y su arte, no saben cómo viven… No saben ni siquiera eso. Aman la belleza que pueden ver, tocar y sujetar, la belleza que pueden destruir y que destruyen, pero la belleza invisible de la vida, la belleza de la vida elevada, no la conocen en absoluto. Han perdido el secreto de la vida. ¡Oh! Su sociedad inglesa me parece egoísta y tonta. Se ha cegado los ojos y se ha tapado los oídos. Yace entre púrpura, pero como un leproso. Es como algo muerto pintado con oro. ¡Es errónea, completamente errónea!

LADY STUTFIELD:

No creo que deban saberse esas cosas. No son muy, muy bonitas, ¿verdad?

LADY HUNSTANTON:

Mi querida miss Worsley, pensé que le gustaba mucho la sociedad inglesa. Ha tenido usted mucho éxito en ella, y ha sido muy admirada por las mejores personas. He olvidado lo que Lord Henry Weston dijo de usted…; pero fue un gran cumplido, y usted sabe que él es una autoridad en lo que a belleza se refiere.

HESTER:

¡Lord Henry Weston! Lo recuerdo, lady Hunstanton. Un hombre con una horrible sonrisa y un horrible pasado. Es invitado a todas partes. Ninguna reunión está completa sin él. ¿Qué hay de aquellas mujeres cuya vida destrozó? Son unas desgraciadas. No tienen nombre. Si usted las encontrase por la calle, volvería la cabeza. No lamento su castigo. Todas las mujeres que han pecado deben ser castigadas.

(Mistress Arbuthnot entra por la terraza envuelta en una capa y con un velo de encaje sobre la cabeza. Oye las últimas palabras y se estremece.)

LADY HUNSTANTON:

¡Querida niña!

HESTER:

Es justo que sean castigadas, pero no deben ser las únicas que sufran. Si un hombre y una mujer han pecado, que ambos vayan al desierto para amarse u odiarse. Que ambos sean malditos. Que queden marcados, si se quiere, pero que no sea castigado uno y el otro quede libre. No tengamos una ley para los hombres y otra para las mujeres. Son injustos con las mujeres en Inglaterra. Y hasta que se den cuenta de que lo que es una vergüenza en una mujer es una infamia en un hombre, siempre serán injustos, y la justicia, ese bloque de fuego, y la injusticia, ese bloque de humo, estarán borrosos ante sus ojos, o no los verán, y si los ven, no los mirarán.

LADY CAROLINE:

¿Le importa, ya que está en pie, darme mi algodón, que está justamente detrás de usted, miss Worsley? Gracias.

LADY HUNSTANTON:

¡Mi querida mistress Arbuthnot! Me alegro de que haya venido. Pero no me han avisado.

MISTRESS ARBUTHNOT:

¡Oh! Vine derecha, por la terraza, lady Hunstanton, y justamente como estaba. No me dijo que tenía una reunión.

LADY HUNSTANTON:

No es una reunión. Sólo unos cuantos invitados que están en la casa y que debe conocer. Permítame. (Intenta ayudarla. Toca el timbre.) Caroline, ésta es mistress Arbuthnot, una de mis mejores amigas. Lady Caroline Pontefract, lady Stutfield, mistress Allonby y mi joven amiga americana, miss Worsley, que acaba de decirnos lo malas que somos.

HESTER:

Temo que crea que he hablado demasiado duramente, lady Hunstanton. Pero hay algunas cosas en Inglaterra…

LADY HUNSTANTON:

Mi querida amiga; hay mucho de verdad en lo que usted ha dicho, y estaba muy bonita mientras lo decía, lo cual es muy importante, según dice Lord Illingworth. En lo único que creo que ha sido un poco dura es en lo referente al hermano de lady Caroline, el pobre Lord Henry. Realmente es una persona notable. (Entra el criado.) Llévese las cosas de mistress Arbuthnot. (Sale el criado con la capa.)

HESTER:

Lady Caroline, no tenía idea de que era su hermano. Siento mucho el dolor que debo haberle causado …Yo…

LADY CAROLINE:

Mi querida mistress Worsley, la única parte de su pequeño discurso, si puedo llamarlo así, con la que estoy de acuerdo, es la que se ha referido a mi hermano. Nada de lo que se diga es lo suficientemente malo para él. Henry es un ser infame, absolutamente infame. Pero debo señalar, como lo hiciste tú, Jane, que es una persona notable, que tiene uno de los mejores cocineros de Londres y que después de una buena cena uno puede perdonar a cualquiera, hasta a sus propios parientes.

LADY HUNSTANTON:

(A miss Worsley.) Ahora, querida, venga y hágase amiga de mistress Arbuthnot. Es una de esas personas buenas y sencillas que usted nos ha dicho que nunca admitimos en sociedad. Siento tener que decir que mistress Arbuthnot viene muy raramente a mi casa. Pero eso no es culpa mía.

MISTRESS ALLONBY:

¡Qué mal está que los hombres permanezcan tanto tiempo fuera después de cenar! Imagino que estarán diciendo las cosas más horribles sobre nosotras.

LADY STUTFIELD:

¿Lo cree realmente?

MISTRESS ALLONBY:

Estoy segura de ello.

LADY STUTFIELD:

¡Qué espantoso! ¿Vamos a la terraza?

MISTRESS ALLONBY:

¡Oh! Cualquier cosa con tal de alejarse de las viudas y los marimachos. (Se levanta y se va con lady Stutfield por la izquierda.) Vamos a mirar las estrellas, lady Hunstanton.

LADY HUNSTANTON:

Encontrarás muchas, querida. Pero no cojan frío. (A místress Arbuthnot.) Sentiremos la falta de Gerald, querida mistress Arbuthnot.

MISTRESS ARBUTHNOT:

Pero ¿Lord Illingworth le ha ofrecido realmente a Gerald el puesto de secretario?

LADY HUNSTANTON:

¡Oh, sí! Estaba encantado. Tiene una gran opinión de su hijo. Creo que no conoce a Lord Illingworth, ¿verdad, querida?

MISTRESS ARBUTHNOT:

Nunca lo he visto.

LADY HUNSTANTON:

No hay duda de que lo conocerás por el nombre.

MISTRESS ARBUTHNOT:

Temo que no. Vivo fuera del mundo y veo a tan poca gente... Recuerdo haber oído hablar hace años de un viejo Lord Illingworth que vivía en Yorkshire, me parece.

LADY HUNSTANTON:

¡Ah, sí! Sería el penúltimo conde. Era un hombre muy curioso. Quería casarse con una mujer de clase inferior. O no quería, ahora que recuerdo. Hubo algún escándalo sobre el asunto. El actual Lord Illingworth es muy diferente. Es muy distinguido. Se ocupa en... Bueno, no se ocupa en nada, lo cual temo que a nuestra querida visitante americana no le guste mucho, y no sé si a él le preocupan mucho los asuntos por los que se interesa usted tanto, querida mistress Arbuthnot. ¿Crees, Caroline, que a Lord Illingworth le interesan los albergues para gente pobre?

LADY CAROLINE:

Imagino que no mucho, Jane.

LADY HUNSTANTON:

Todos tenemos diferentes gustos, ¿no es así? Pero Lord Illingworth tiene una posición elevada y no hay nada que no pueda conseguir si quiere. Naturalmente, es aún relativamente joven y sólo tiene el título desde hace… ¿Cuánto tiempo hace que tiene el título Lord Illingworth, Caroline?

LADY CAROLINE:

Unos cuatro años, creo, Jane. Lo sé porque fue el mismo año que apareció en los periódicos de la noche el último revuelo causado por mi hermano.

LADY HUNSTANTON:

¡Ah! Ya recuerdo. Hará unos cuatro años. Desde luego, se interponía mucha gente entre el actual Lord Illingworth y su título, mistress Arbuthnot. Había… ¿Quiénes había, Caroline?

LADY CAROLINE:

Estaba el niño de la pobre Margaret. Recordarás lo ansiosa que estaba por tener un niño varón, y lo tuvo, pero murió, y su esposo murió poco después, y ella se casó casi inmediatamente con uno de los hijos de Lord Ascot, quien, según me han dicho, le pegaba.

LADY HUNSTANTON:

¡Ah! Eso es de familia, querida. Y también había un clérigo que quería hacerse pasar por loco, o un loco que quería hacerse pasar por clérigo; he olvidado qué era, pero sé que el Tribunal de la Cancillería investigó el asunto y juzgó que estaba completamente sano. Después lo vi en casa del pobre Lord Plumstead con algo de paja en la cabeza. No puedo recordar qué era. Frecuentemente siento que la querida lady Cecilia no haya vivido lo suficiente para ver a su hijo con el título.

MISTRESS ARBUTHNOT:

¿Lady Cecilia?

LADY HUNSTANTON:

La madre de Lord Illingworth, querida mistress Arbuthnot, era una de las bellas hijas de la duquesa de Jerningham, y se casó con sir Thomas Harford, que no era considerado un buen partido en aquel tiempo, aunque se decía que era el hombre más guapo de Londres. Los conocí íntimamente, y a sus dos hijos, Arthur y George.

MISTRESS ARBUTHNOT:

Naturalmente, fue el hijo mayor el que heredó el título, ¿verdad, lady Hunstanton?

LADY HUNSTANTON:

No, querida; murió en una cacería. ¿O en una pesca, Caroline? Lo he olvidado. Pero George lo heredó todo. Siempre le digo que ningún hijo menor ha tenido la suerte que él.

MISTRESS ARBUTHNOT:

Lady Hunstanton, quiero hablar con Gerald ahora mismo. ¿Puedo verlo? ¿Le pueden avisar?

LADY HUNSTANTON:

Ciertamente, querida. Enviaré a uno de los criados. No sé cómo se entretienen tanto los caballeros. (Toca el timbre.) Cuando conocí a Lord Illingworth al principio, como simple George Harford, era sólo un joven ocurrente sin un penique en el bolsillo, excepto lo que le daba la pobre y querida lady Cecilia. Ella lo adoraba. Principalmente, creo yo, porque él estaba en malas relaciones con su padre. ¡Oh! Aquí está el querido archidiácono. (Al criado.) Ya no importa. (Entran sir John y el doctor Daubeny. Sir John va hacia lady Stutfield y el doctor Daubeny hacia lady Hunstanton.)

EL ARCHIDIÁCONO:

Lord Illingworth nos ha entretenido mucho. Nunca me he divertido más. (Ve a mistress Arbuthnot.) ¡Ah, mistress Arbuthnot!

LADY HUNSTANTON:

(Al doctor Daubeny.) Ya ve que he conseguido al fin que viniese mistress Arbuthnot.

EL ARCHIDIÁCONO:

Es un gran honor, lady Hunstanton. Mistress Daubeny se sentirá celosa de usted.

LADY HUNSTANTON:

¡Ah! Siento mucho que mistress Daubeny no haya venido esta noche con usted. Supongo que seguirá con su dolor de cabeza, ¿verdad?

EL ARCHIDIÁCONO:

Sí, lady Hunstanton; un martirio. Pero ella es más feliz sola. Es más feliz sola.

LADY CAROLINE:

(A su esposo.) ¡John! (Sir John va hacia su esposa. El doctor Daubeny habla con lady Hunstanton y mistress Arbuthnot observa todo el tiempo a Lord

Illingworth. Él atraviesa la habitación sin darse cuenta de la presencia de ella y se aproxima a mistress Allonby, que está en pie con lady Stutfield junto a la puerta de la terraza.)

LORD ILLINGWORTH:

¿Cómo está la más encantadora mujer del mundo?

MISTRESS ALLONBY:

(Cogiendo a lady Stutfield de la mano.) Las dos estamos muy bien, gracias, Lord Illingworth. Pero ¡qué poco tiempo han estado ustedes en el comedor! Parece como si nosotras acabáramos de salir de allí.

LORD ILLINGWORTH:

Me aburría mortalmente. No abrí los labios en todo el tiempo. Estaba deseando venir con ustedes.

MISTRESS ALLONBY:

Tenía que haber estado. La muchacha americana nos dio un discurso.

LORD ILLINGWORTH:

¿Sí? Todos los americanos lo hacen, según creo. Supongo que se deberá a su clima. ¿Sobre qué fue el discurso?

MISTRESS ALLONBY:

¡Oh! Sobre el puritanismo, naturalmente.

LORD ILLINGWORTH:

Voy a convertirla. ¿Cuánto tiempo me da para hacerlo?

MISTRESS ALLONBY:

Una semana.

LORD ILLINGWORTH:

Una semana es más de lo necesario. (Entran Gerald y Lord Alfred.)

GERALD:

(Yendo hacia mistress Arbuthnot.) ¡Querida mamá!

MISTRESS ARBUTHNOT:

Gerald, no me encuentro bien. Lléveme a casa, Gerald. No debiera haber venido.

GERALD:

Lo siento mucho, mamá. Te acompañaré. Pero antes debes conocer a Lord

Illingworth. (Cruza la habitación.)

LORD ILLINGWORTH:

MISTRESS ARBUTHNOT:

Esta noche no, Gerald.

GERALD:

Lord Illingworth, quiero que conozca usted a mi madre.

LORD ILLINGWORTH:

Con mucho gusto. (A mistress Allonby.) Regresaré al momento. Las madres de la gente siempre me aburren muchísimo. Todas las mujeres se acaban pareciendo a sus madres. Ésa es su tragedia.

MISTRESS ALLONBY:

«Sin embargo, a los hombres no les ocurre. Ésa es la suya.»

LORD ILLINGWORTH:

¡Qué delicioso humor tiene usted esta noche! (Se da la vuelta y va con Gerald hacia mistress Arbuthnot. Cuando la ve, se estremece y retrocede asombrado. Después vuelve los ojos lentamente hacia Gerald.)

GERALD:

Mamá, éste es Lord Illingworth, que me ha ofrecido el puesto de secretario suyo. (Mistress Arbuthnot se inclina fríamente.) Es un principio maravilloso para mí, ¿verdad? Espero que no se lleve una desilusión conmigo. Le darás las gracias a Lord Illingworth, ¿verdad, mamá?

MISTRESS ARBUTHNOT:

Lord Illingworth es muy bueno al interesarse por ti.

LORD ILLINGWORTH:

(Poniendo su mano sobre el hombro de Gerald.) ¡Oh! Gerald y yo somos grandes amigos ya, mistress Arbuthnot.

MISTRESS ARBUTHNOT:

No hay nada en común entre usted y mi hijo, Lord Illingworth.

GERALD:

Querida mamá, ¿cómo puedes decir eso? Naturalmente, Lord Illingworth es extraordinariamente inteligente y todo eso. No hay nada que Lord Illingworth no sepa.

LORD ILLINGWORTH:

¡Querido muchacho!

GERALD:

Sabe más sobre la vida que cualquiera de los que yo he conocido. Me siento pequeño cuando estoy con usted, Lord Illingworth. Desde luego, ¡he tenido tan pocas oportunidades! No he estado en Eton ni en Oxford, como otros muchachos. Pero a Lord Illingworth eso no le importa. Ha sido muy bueno conmigo, mamá.

MISTRESS ARBUTHNOT:

Lord Illingworth puede cambiar de opinión. Puede realmente no necesitarte como secretario.

GERALD:

¡Mamá!

MISTRESS ARBUTHNOT:

Debes recordar, como tú mismo dijiste, que has tenido muy pocas oportunidades para formarte.

MISTRESS ALLONBY:

Lord Illingworth, quiero hablar con usted un momento. Venga aquí.

LORD ILLINGWORTH:

¿Me excusa usted, mistress Arbuthnot? No deje que su encantadora madre ponga más dificultades, Gerald. La cosa está convenida, ¿no?

GERALD:

Eso espero. (Lord Illingworth va hacia mistress Allonby.)

MISTRESS ALLONBY:

Creí que no iba a dejar nunca a la dama del terciopelo negro.

LORD ILLINGWORTH:

Es muy bella. (Mira a mistress Arbuthnot.)

LADY HUNSTANTON:

Caroline, ¿vamos al salón de música? Miss Worsley va a tocar. Usted vendrá también, ¿verdad, querida mistress Arbuthnot? No sabe usted lo bien que lo pasará. (Al doctor Daubeny.) Realmente debo llevar a miss Worsley alguna tarde a la parroquia. Me gustaría mucho que la querida mistress Daubeny la oyera tocar el violín. ¡Ah! No me acordaba. La querida mistress Daubeny tiene un pequeño defecto en los oídos, ¿verdad?

EL ARCHIDIÁCONO:

Su sordera es una gran privación para ella. Ahora no puede oír mis sermones. Los lee en casa. Pero encuentra muchos recursos en sí misma, muchos recursos.

LADY HUNSTANTON:

¿Supongo que leerá mucho?

EL ARCHIDIÁCONO:

Sólo los libros con letra grande. Su vista se extingue rápidamente. Pero nunca se queja, nunca se queja.

GERALD:

(A Lord Illingworth.) Hable usted con mi madre antes de entra al salón de música, Lord Illingworth. Parece creer que usted no pensó lo que me dijo.

MISTRESS ALLONBY:

¿No entra usted?

LORD ILLINGWORTH:

Dentro de un instante. Lady Hunstanton, si mistress Arbuthnot me lo permite, quisiera hablar unas palabras con ella, y después me uniré a ustedes.

LADY HUNSTANTON:

¡Ah! Desde luego. Tendrá usted mucho que decirle. No a todos los hijos les hacen tal oferta, mistress Arbuthnot. Pero sé que usted lo apreciará, querida.

LADY CAROLINE:

¡John!

LADY HUNSTANTON:

Pero no entretenga mucho a mistress Arbuthnot, Lord Illingworth. No podemos estar sin ella. (Sale seguida de los otros invitados. Suena un violín dentro, en el salón de música.)

LORD ILLINGWORTH:

¡Así que ése es nuestro hijo, Rachel! Bueno; estoy muy orgulloso de él. Es un Harford de la cabeza a los pies. Pero, a propósito, ¿por qué Arbuthnot, Rachel?

MISTRESS ARBUTHNOT:

Un nombre es tan bueno como cualquier otro cuando no se tiene ninguno.

LORD ILLINGWORTH:

Supongo que sí… Pero ¿por qué Gerald?

MISTRESS ARBUTHNOT:

Por un hombre cuyo corazón destrocé… Por mi padre.

LORD ILLINGWORTH:

Bueno, Rachel, lo pasado, pasado. Todo lo que ahora tengo que decir es que me agrada mucho, mucho, nuestro hijo. La gente lo conocerá simplemente como mi secretario particular, pero para mí será algo más próximo y más querido. Es curioso, Rachel; mi vida parecía estar enteramente completa. No era así. Me faltaba algo. Me faltaba un hijo. Ahora he encontrado a mi hijo. Me alegro de haberlo encontrado.

MISTRESS ARBUTHNOT:

No tienes derecho a reclamar ni la más pequeña parte de él. El muchacho es enteramente mío, y seguirá siendo mío.

LORD ILLINGWORTH:

Mi querida Rachel, lo has tenido para ti sola durante veinte años. ¿Por qué no me lo dejas un poco ahora? Es tan mío como tuyo.

MISTRESS ARBUTHNOT:

¿Estás hablando del niño que abandonaste? ¿El niño que por tu culpa podía haber muerto de hambre y de necesidad?

LORD ILLINGWORTH:

Olvidas, Rachel, que fuiste tú la que me dejaste, no yo quien te dejé a ti.

MISTRESS ARBUTHNOT:

Te dejé porque te negaste a dar al niño un nombre. Antes que mi hijo naciese, te imploré que te casaras conmigo.

LORD ILLINGWORTH:

Entonces yo no tenía posición. Y además, Rachel, yo no era mucho mayor que tú. Sólo tenía veintidós años, o veintiuno, creo, cuando todo empezó en el jardín de tu padre.

MISTRESS ARBUTHNOT:

Cuando un hombre tiene la edad suficiente para hacer el mal, también la tiene para hacer el bien.

LORD ILLINGWORTH:

Mi querida Rachel, las generalidades intelectuales son siempre interesantes, pero las generalidades en moral no significan absolutamente nada. En cuanto a lo de que yo dejé a mi hijo que pasase hambre, es, por supuesto, incierto y tonto. Mi madre te ofreció seiscientas libras al año. Pero tú no aceptaste nada. Simplemente desapareciste, llevándote al niño.

MISTRESS ARBUTHNOT:

No hubiera aceptado ni un penique de ella. Tu padre era diferente. Te dijo en mi presencia, cuando estábamos en París, que tu deber era casarte conmigo.

LORD ILLINGWORTH:

¡Oh! El deber es lo que uno espera que hagan los demás, pero que nunca hace uno mismo. Naturalmente, yo estaba influido por mi madre. Todo hombre lo está cuando es joven.

MISTRESS ARBUTHNOT:

Me alegro de oírte decir eso. Ciertamente, Gerald no se irá contigo.

LORD ILLINGWORTH:

¡Qué tontería, Rachel!

MISTRESS ARBUTHNOT:

¿Crees que le permitiría a mi hijo…?

LORD ILLINGWORTH:

Nuestro hijo.

MISTRESS ARBUTHNOT:

Mi hijo… (Lord Illingworth se encoge de hombros.) ¿Marcharse con el hombre que manchó mi juventud, que arruinó mi vida, que mancilló cada instante de ella? Tú no te das cuenta de que mi pasado está lleno de sufrimiento y vergüenza.

LORD ILLINGWORTH:

Mi querida Rachel, debo decirte que creo que el futuro de Gerald es considerablemente más importante que tu pasado.

MISTRESS ARBUTHNOT:

Gerald no puede separar su futuro de mi pasado.

LORD ILLINGWORTH:

Eso es exactamente lo que debería hacer. Eso es exactamente lo que deberías de ayudarle a hacer. ¡Qué típicamente femenina eres! Hablas sentimentalmente y eres terriblemente egoísta. Pero no tengamos una escena, Rachel, quiero que veas el asunto desde el punto de vista del sentido común; desde el punto de vista de qué es mejor para nuestro hijo, quedándonos tú y yo fuera de la cuestión. ¿Qué es ahora nuestro hijo? Un empleadillo en un pequeño Banco provincial, en una ciudad inglesa de tercera categoría. Si crees que es feliz así, estás equivocada. Está muy descontento.

MISTRESS ARBUTHNOT:

No lo estaba hasta conocerte a ti. Tú lo hiciste cambiar.

LORD ILLINGWORTH:

Desde luego que sí. El descontento es el primer paso en el progreso de un hombre o de una nación. Pero no sólo le hablé de las cosas que ahora no podía obtener. No; le hice una gran oferta. Saltó de gozo, no necesito decirlo. Cualquier hombre lo hubiera hecho. Y ahora, simplemente porque resulta que soy el padre del muchacho, tú te propones arruinar su carrera. Es decir, si yo fuera un perfecto extraño, tú le hubieras permitido a Gerald venir conmigo, pero como lleva mi propia sangre, no quieres. ¡Qué terriblemente ilógica eres!

MISTRESS ARBUTHNOT:

No te permitiré que te lo lleves.

LORD ILLINGWORTH:

¿Cómo podrás evitarlo? ¿Qué excusa puedes darle para hacer que rechace una oferta como la mía? Yo no le diré qué lazos me unen con él, como es natural. Pero tú tampoco te atreverás a decírselo. Sabes que no. Observa cómo lo has educado.

MISTRESS ARBUTHNOT:

Lo he educado para que sea un hombre bueno.

LORD ILLINGWORTH:

Exactamente. ¿Y cuál es el resultado? Lo has educado para que sea tu juez, si llega a enterarse de lo que hiciste. Y será contigo un juez severo e injusto. Los hijos empiezan por amar a sus padres, Rachel. Después los juzgan. Raramente, si es que ocurre alguna vez, los perdonan.

MISTRESS ARBUTHNOT:

George, no me quites a mi hijo. He pasado veinte años de dolor y sólo he tenido una persona que me amaba y a la que yo amaba. Tú has llevado una vida de alegrías, placeres y éxitos. Has sido completamente feliz; nunca has pensado en nosotros. No había razón, de acuerdo con tus puntos de vista sobre la vida, para que nos recordases. Nos encontraste por simple casualidad, por una horrible casualidad. Olvídalo. No vengas ahora a robarme… lo único que tengo en el mundo. Eres rico en otras cosas. Déjame la pequeña viña de mi vida; déjame el jardín vallado y el manantial de agua; el cordero que Dios me envió en su piedad o en su ira. ¡Oh! Déjame eso. George, no me arrebates a

Gerald.

LORD ILLINGWORTH:

Rachel, ahora tú no eres necesaria para la carrera de Gerald. Yo sí. No hay nada más que decir sobre el tema.

MISTRESS ARBUTHNOT:

No lo dejaré ir.

LORD ILLINGWORTH:

Aquí está Gerald. Tiene derecho a decidir por sí mismo. (Entra Gerald.)

GERALD:

Bien, mamá, espero que ya lo habrás arreglado todo con Lord Illingworth.

MISTRESS ARBUTHNOT:

No, Gerald.

LORD ILLINGWORTH:

A su madre parece no gustarle que venga usted conmigo, por alguna razón.

GERALD:

¿Por qué, mamá?

MISTRESS ARBUTHNOT:

Creí que eras completamente feliz conmigo, Gerald. No sabía que estabas ansioso por dejarme.

GERALD:

Mamá, ¿cómo puedes decir eso? Naturalmente que he sido completamente feliz contigo. Pero un hombre no puede permanecer siempre con su madre. Ningún muchacho lo hace. Quiero crearme una posición, hacer algo. Pensé que estarías orgullosa de verme de secretario de Lord Illingworth.

MISTRESS ARBUTHNOT:

No creo que fueras el secretario adecuado para Lord Illingworth. No tienes facultades para eso.

LORD ILLINGWORTH:

No deseo que parezca que quiero entrometerme, mistress Arbuthnot, pero en lo que concierne a su última objeción, seguramente soy yo el mejor juez. Y puedo decir que su hijo tiene todas las facultades que yo necesito. Tiene más, en realidad, de las que había pensado. Muchas más. (Mistress Arburthnot permanece en silencio.) ¿Tiene alguna otra razón, mistress Arbuthnot, para no desear que su hijo acepte este puesto?

GERALD:

¿La tienes mamá? Contesta.

LORD ILLINGWORTH:

Si la tiene, mistress Arbuthnot, le ruego que la diga. Estamos solos aquí. Sea cual fuere la razón, no necesito decirle que no la contaré a nadie.

GERALD:

¿Mamá?

LORD ILLINGWORTH:

Si desea quedarse sola con su hijo, los dejo. Puede tener alguna razón que no desee que oiga yo.

MISTRESS ARBUTHNOT:

No tengo otra razón.

LORD ILLINGWORTH:

Entonces, muchacho, podemos dar la cosa por hecha. Venga usted; iremos a la terraza a fumar juntos un cigarrillo. Y mistress Arbuthnot, permítame que le diga que creo que ha obrado usted muy, muy sabiamente. (Sale con Gerald. Mistress Arbuthnot se queda sola. Permanece inmóvil con un gesto de infinito dolor en el rostro.)

TELÓN.

ACTO TERCERO

Escena: la galería de retratos de Hunstanton Chase. Puerta al fondo que da a la terraza. Lord Illingworth y Gerald están a la derecha. Lord Illingworth, sobre un sofá. Gerald, en una silla.

LORD ILLINGWORTH:

Su madre es una mujer muy sensata, Gerald. Sabía que al fin consentiría.

GERALD:

Mi madre es terriblemente escrupulosa, Lord Illingworth, y sé que ella no cree que soy lo bastante apto para el puesto de secretario suyo. Está en lo cierto. Fui muy holgazán cuando iba a la escuela y no podía aprobar ni un examen.

LORD ILLINGWORTH:

Mi querido Gerald, los exámenes no tienen ningún valor. Si un hombre es un caballero, ya sabe lo bastante, y si no lo es, todo lo que sepa es perjudicial para él.

GERALD:

Pero ¡yo desconozco tanto el mundo, Lord Illingworth!

LORD ILLINGWORTH:

No tema, Gerald. Recuerde que posee la cosa más maravillosa del mundo: ¡la juventud! No hay nada como la juventud. Los de edad mediana tienen la vida hipotecada. Los viejos están en el desván de la vida. Pero los jóvenes son los amos de la vida. La juventud tiene un reino esperándola. Todo el mundo nace rey, y la mayoría de la gente muere en el exilio, como la mayoría de los reyes. Para volver a conseguir mi juventud, Gerald, yo haría cualquier cosa…, excepto ejercicio, levantarme pronto o ser un miembro útil de la comunidad.

GERALD:

Pero ¿usted no se llamará viejo, Lord Illingworth?

LORD ILLINGWORTH:

Soy lo bastante viejo para ser tu padre, Gerald.

GERALD:

Yo no recuerdo a mi padre; murió hace años.

LORD ILLINGWORTH:

Eso me dijo lady Hunstanton.

GERALD:

Es muy curioso, pero mi madre jamás me habla de mi padre. A veces creo que mi padre era de clase más elevada.

LORD ILLINGWORTH:

(Con una mueca.) ¿De veras? (Se adelanta y pone una mano sobre el hombro de Gerald.) Habrá usted sentido la falta de su padre, ¿verdad, Gerald?

GERALD:

¡Oh, no! ¡Mi madre ha sido tan buena conmigo! Nadie ha tenido una madre como la mía.

LORD ILLINGWORTH:

Estoy seguro de eso. Pero creo que la mayoría de las madres no comprenden del todo a sus hijos. Quiero decir que no se dan cuenta de que el hijo tiene ambiciones, o desea conocer la vida, o hacerse un nombre. Después de todo, no esperaría usted pasarse toda la vida en un agujero como Wrockley, ¿verdad?

GERALD:

¡Oh, no! Sería horrible.

LORD ILLINGWORTH:

El amor de una madre es conmovedor, desde luego, pero muchas veces curiosamente egoísta. Quiero decir que hay mucho egoísmo en él.

GERALD:

(Lentamente.) Supongo que sí.

LORD ILLINGWORTH:

Su madre es una mujer muy buena. Pero las mujeres buenas tienen ideas limitadas sobre la vida; su horizonte es tan pequeño, sus intereses tan poco importantes… ¿no es así?

GERALD:

Se interesan muchísimo, ciertamente, por cosas que a nosotros no nos preocupan nada.

LORD ILLINGWORTH:

¿Supongo que su madre será muy religiosa?

GERALD:

¡Oh, sí! Va siempre a la iglesia.

LORD ILLINGWORTH:

¡Ah! No es moderna, y ser moderna es lo único que vale la pena hoy día. Usted quiere ser moderno, ¿verdad, Gerald? Usted quiere saber lo que es realmente la vida. Bien, ahora simplemente tiene que introducirse en la mejor sociedad. Un hombre que puede dominar la mesa en una cena en Londres puede dominar el mundo. El futuro le pertenece al dandi. Los elegantes gobernarán el universo.

GERALD:

Me gustaría llevar buenos trajes, pero siempre me han dicho que un hombre no debe pensar en eso.

LORD ILLINGWORTH:

La gente de hoy es tan absolutamente superficial que no entiende la filosofía de lo superficial. A propósito, Gerald, debe aprender a hacerse el nudo de la corbata mejor. El sentimentalismo está bien para el ojal. Pero lo esencial para el nudo de la corbata es el estilo. Un buen nudo de corbata es el primer paso serio en la vida.

GERALD:

(Riendo.) Puedo ser capaz de aprender a hacerme el nudo de la corbata, Lord Illingworth, pero nunca seré capaz de hablar como usted. No sé hablar.

LORD ILLINGWORTH:

¡Oh! Hable con todas las mujeres como si estuviese enamorado de ellas y con todos los hombres como si lo aburriesen, y al final de su primera temporada tendrá fama de poseer el más perfecto tacto social.

GERALD:

Pero es muy difícil introducirse en sociedad, ¿no?

LORD ILLINGWORTH:

Hoy día, para introducirse en sociedad hay que dar de comer a la gente, divertirla u ofenderla… ¡Eso es todo!

GERALD:

¡Supongo que la sociedad será deliciosa!

LORD ILLINGWORTH:

Estar en ella es sólo un aburrimiento. Pero estar fuera de ella es una tragedia. La sociedad es una cosa necesaria. Ningún hombre tiene un verdadero éxito en este mundo, a menos que cuente con la ayuda de una mujer, y las mujeres gobiernan la sociedad. Si no tiene usted una mujer a su lado, está perdido. Más le valdría entonces hacerse abogado, agente de bolsa o periodista.

GERALD:

Es muy difícil entender a las mujeres, ¿verdad?

LORD ILLINGWORTH:

No intente nunca entenderlas. Las mujeres son cuadros. Los hombres son problemas. Si desea saber lo que una mujer quiere decir realmente, lo cual es siempre peligroso, mírela y no la escuche.

GERALD:

Pero las mujeres son terriblemente inteligentes, ¿no?

LORD ILLINGWORTH:

Siempre está bien decirles eso. Pero para el filósofo, mi querido Gerald, la mujer representa el triunfo de la materia sobre el espíritu, así como el hombre representa el triunfo del espíritu sobre la moral.

GERALD:

Entonces, ¿cómo pueden tener las mujeres tanto poder como usted dice?

LORD ILLINGWORTH:

La historia de la mujer es la historia de la peor forma de tiranía que el mundo ha conocido. La tiranía del débil sobre el fuerte. Es la única tiranía que perdura.

GERALD:

Pero ¿no poseen una influencia refinadora?

LORD ILLINGWORTH:

Lo único que refina es la inteligencia.

GERALD:

Sin embargo, hay muchas clases diferentes de mujeres, ¿verdad?

LORD ILLINGWORTH:

En sociedad sólo dos clases: las feas y las que no se pintan.

GERALD:

Pero hay mujeres buenas en sociedad, ¿no?

LORD ILLINGWORTH:

Demasiadas.

GERALD:

Pero ¿cree usted que las mujeres no deberían ser buenas?

LORD ILLINGWORTH:

Nunca debe decírseles eso, porque todas se harían buenas. Las mujeres son un sexo fascinadoramente terco. Toda mujer es rebelde y corrientemente se revela salvajemente contra ella misma.

GERALD:

¿No se ha casado usted nunca, Lord Illingworth?

LORD ILLINGWORTH:

Los hombres se casan porque están cansados; las mujeres, por curiosidad. Ambos se llevan una desilusión.

GERALD:

Pero ¿no cree que uno puede ser feliz cuando está casado?

LORD ILLINGWORTH:

Perfectamente feliz. Pero la felicidad de un hombre casado depende de las mujeres con las que no se ha casado, querido Gerald.

GERALD:

Pero ¿si uno está enamorado?

LORD ILLINGWORTH:

Uno siempre está enamorado. Ésa es la razón por la que nunca debe casarse.

GERALD:

El amor es algo maravilloso, ¿no?

LORD ILLINGWORTH:

Cuando uno está enamorado, empieza por engañarse a sí mismo. Y termina engañando a los demás. Eso es lo que el mundo llama un romance. Pero una verdadera «grande passion» es muy rara hoy día. Es el privilegio de la gente que no tiene nada que hacer. Ésa es la única utilidad de la clase ociosa en un país, y la única explicación posible de nosotros, los Harfords.

GERALD:

¿Harfords, Lord Illingworth?

LORD ILLINGWORTH:

Es mi nombre de familia. Debería estudiar la Guía Nobiliaria, Gerald. Es un libro que todo joven mundano debe conocer bien, y además es lo mejor que ha hecho Inglaterra. Y ahora, Gerald, va a entrar conmigo en una vida completamente nueva, y quiero que aprenda a vivirla. (Aparece mistress Arbuthnot tras ellos, por la terraza.) ¡Porque el mundo ha sido hecho por los tontos para que los sabios vivan en él! (Entran por la izquierda lady Hunstanton y el doctor Daubeny.)

LADY HUNSTANTON:

¡Ah! Está usted aquí, querido Lord Illingworth. Bueno, supongo que le habrá estado diciendo a nuestro joven amigo Gerald cuáles van a ser sus nuevos deberes y dándole muchos y buenos consejos mientras fumaban un agradable cigarrillo.

LORD ILLINGWORTH:

Le he dado los mejores consejos, lady Hunstanton, los mejores cigarrillos.

LADY HUNSTANTON:

Siento no haber estado aquí para escucharlo, pero supongo que ya soy demasiado vieja para aprender. Excepto de usted, querido archidiácono, cuando está en su hermoso púlpito. Pero entonces siempre sé lo que va usted a decir, así que no me siento alarmada. (Ve a mistress Arbuthnot.) ¡Ah! Querida mistress Arbuthnot, únase a nosotros. Venga, querida. (Entra mistress Arbuthnot.) Gerald ha tenido una larga conversación con Lord Illingworth; estoy segura de que está muy contenta del magnífico porvenir que se le presente a su hijo. Sentémonos. (Se sientan.) ¿Y cómo va su bello bordado?

MISTRESS ARBUTHNOT:

Siempre estoy trabajando, lady Hunstanton.

LADY HUNSTANTON:

Mistress Daubeny también borda un poco, ¿verdad?

EL ARCHIDIÁCONO:

Antes era como una Dorcas manejando la aguja. Pero la gota ha paralizado mucho sus dedos. No toca una aguja desde hace nueve o diez años. Pero tiene muchos otros entretenimientos. Está muy interesada con su salud.

LADY HUNSTANTON:

¡Ah! Eso es siempre una buena distracción, ¿verdad? Y ahora, Lord Illingworth, díganos de qué estaban hablando.

LORD ILLINGWORTH:

En este momento iba a explicarle a Gerald que el mundo se ríe siempre de sus tragedias, porque es de la única forma que es capaz de soportarlas. Y como consecuencia, lo que el mundo ha tratado seriamente pertenece al lado cómico de las cosas.

LADY HUNSTANTON:

Eso está fuera de mi entendimiento, como ocurre generalmente cuando habla Lord Illingworth. Y la sociedad es muy despreocupada. Nunca me ayuda. Me deja naufragar. Tengo una ligera idea, Lord Illingworth, de que está usted siempre del lado de los pecadores, y yo siempre intento estar del lado de los santos, aunque hasta donde puedo. Y después de todo, puede que esto sea simplemente la idea de una persona que se ahoga.

LORD ILLINGWORTH:

La única diferencia entre los santos y los pecadores es que el santo tiene un pasado y el pecador un futuro.

LADY HUNSTANTON:

¡Ah! No tengo nada que decir a eso. Usted y yo, querida mistress Arbuthnot, estamos anticuadas. No podemos seguir a Lord Illingworth. Temo que se han cuidado demasiado de nuestra educación. Ser bien educada es una gran desventaja hoy día. Le cierra a una muchas puertas.

MISTRESS ARBUTHNOT:

Sentiría seguir a Lord Illingworth en alguna de sus opiniones.

LADY HUNSTANTON:

Tiene usted razón, querida. (Gerald se encoge de hombres y mira irritado a su madre. Entra lady Caroline.)

LADY CAROLINE:

Jane, ¿has visto a John en algún sitio?

LADY HUNSTANTON:

No necesitas preocuparte por él, querida. Está con lady Stutfield; los vi hace un rato en el salón amarillo. Parecían muy felices juntos. No te irás, ¿verdad, Caroline? Te ruego que te sientes.

LADY CAROLINE:

Creo que será mejor que vaya a buscar a John. (Sale lady Caroline.)

LADY HUNSTANTON:

No debía prestarse tanta atención a los hombres. Y Caroline no tiene realmente nada de que preocuparse. Lady Stutfield es muy simpática. Es tan simpática con unos como con otros. Tiene un bello carácter. (Entran sir John y místress Allonby.) ¡Ah! ¡Aquí está sir John! ¡Y con mistress Allonby! Supongo que sería con ella con quien lo vi. Sir John, Caroline está buscándolo por todas partes.

MISTRESS ALLONBY:

Hemos estado esperándola en el salón de música, querida lady Hunstanton.

LADY HUNSTANTON:

¡Ah! El salón de música, naturalmente. Creí que era en el salón amarillo; mi memoria no funciona bien. (Al archidiácono.) Mistress Daubeny tiene una memoria maravillosa, ¿verdad?

EL ARCHIDIÁCONO:

Era notable por su memoria, pero desde que tuvo el último ataque se acuerda principalmente de los acontecimientos de su niñez. Pero encuentra un gran placer en tales recuerdos; un gran placer. (Entran lady Stutfield y míster Kelvil.)

LADY HUNSTANTON:

¡Ah! ¡Querida lady Stutfield! ¿De qué han estado hablando míster Kelvil y usted?

LADY STUTFIELD:

Sobre el bimetalismo, si mal no recuerdo.

LADY HUNSTANTON:

¡El bimetalismo! ¿Es un bonito tema? Aunque ya sé que la gente discute libremente de todo hoy día. ¿De qué hablaban usted y sir John, querida mistress Allonby?

MISTRESS ALLONBY:

Sobre la Patagonia.

LADY HUNSTANTON:

¿Sí? ¡Qué tema tan remoto! Pero de mucho provecho, no hay duda.

MISTRESS ALLONBY:

Él ha estado muy interesante hablando sobre la Patagonia. Los salvajes parecen tener las mismas opiniones sobre todos los asuntos que la gente civilizada. Están excesivamente avanzados.

LADY HUNSTANTON:

¿Qué hacen?

MISTRESS ALLONBY:

Aparentemente, de todo.

LADY HUNSTANTON:

Bueno; es muy grato que la naturaleza humana perdure, ¿verdad, querido archidiácono? En conjunto, el mundo es el mismo, ¿no?

LORD ILLINGWORTH:

El mundo simplemente está dividido en dos clases: los que creen lo increíble, como el público, y los que creen los improbable…

MISTRESS ALLONBY:

¿Como usted?

LORD ILLINGWORTH:

Sí; siempre me asombro de mí mismo. Es lo único que hace la vida digna de ser vivida.

LADY STUTFIELD:

¿Y qué ha hecho usted últimamente que lo asombre?

LORD ILLINGWORTH:

He estado descubriendo toda clase de buenas cualidades en mi propio carácter.

MISTRESS ALLONBY:

¡Ah! No se puede ser perfecto en un instante. Se consigue gradualmente.

LORD ILLINGWORTH:

No intento ser perfecto del todo. Al menos espero no serlo. Tendría muchos inconvenientes. Las mujeres nos aman por nuestros defectos. Si tenemos los suficientes, nos lo perdonan todo, aún el tener una inteligencia gigantesca.

MISTRESS ALLONBY:

Es prematuro pedirnos que perdonemos el análisis. Perdonamos la adoración; eso es todo lo que debe esperarse de nosotras. (Entra Lord Alfred. Va junto a lady Stutfield.)

LADY HUNSTANTON:

¡Ah! Las mujeres debíamos perdonarlo todo, ¿verdad?, querida mistress Arbuthnot? Estoy segura de que está de acuerdo conmigo en eso.

MISTRESS ARBUTHNOT:

No, lady Hunstanton. Creo que hay muchas cosas que las mujeres no deben perdonar nunca.

LADY HUNSTANTON:

¿Qué clase de cosas?

MISTRESS ARBUTHNOT:

La ruina de la vida de otra mujer. (Se va lentamente hacia el fondo.)

LADY HUNSTANTON:

¡Ah! Esas cosas son muy tristes, no hay duda, pero creo que hay sitios admirables donde la gente de esa clase es cuidada y reformada, y creo que todo el secreto de la vida es el tomar las cosas con mucha tranquilidad.

MISTRESS ALLONBY:

El secreto de la vida está en no tener jamás una emoción que no nos siente bien.

LADY STUTFIELD:

El secreto de la vida es apreciar el placer de sentirse terriblemente desilusionada.

KELVIL:

El secreto de la vida es resistir la tentación, lady Stutfield.

LORD ILLINGWORTH:

La vida no tiene ningún secreto. La meta de la vida, si es que existe, es simplemente estar siempre buscando las tentaciones. No hay muchas. A veces yo me paso todo el día sin que me venga una sola. Es horrible. Me hace ponerme nervioso con respecto al futuro.

LADY HUNSTANTON:

(Apuntándole con el abanico.) No sé por qué será, Lord Illingworth, pero todo lo que dice usted hoy me parece excesivamente inmoral. Ha sido muy interesante escucharlo.

LORD ILLINGWORTH:

Todo pensamiento es inmoral. Su esencia es la destrucción. Si piensa usted algo, lo mata. Nada sobrevive después de pensar en ello.

LADY HUNSTANTON:

No entiendo una palabra, Lord Illingworth, pero no hay duda de que está en lo cierto. Personalmente, no puedo discutir con usted sobre el pensamiento. No creo que las mujeres piensen demasiado. Las mujeres deberían pensar con moderación, deberían hacerlo todo con moderación.

LORD ILLINGWORTH:

La moderación es una cosa fatal, lady Hunstanton. No hay nada como el exceso.

LADY HUNSTANTON:

Espero que recordaré eso. Parece una admirable máxima. Pero estoy empezando a olvidarlo todo. Es una gran desgracia.

LORD ILLINGWORTH:

Ésa es una de sus más fascinantes cualidades, lady Hunstanton. Ninguna mujer debería tener memoria. La memoria en una mujer es el principio de la dejadez. Por el sombrero de una mujer puede adivinarse si tiene memoria o no.

LADY HUNSTANTON:

¡Qué encantador es usted, querido Lord Illingworth! Usted siempre descubre en un gran defecto una importante virtud. Tiene los más consoladores puntos de vista sobre la vida. (Entra Farquar)

FARQUAR:

¡El coche del doctor Daubeny!

LADY HUNSTANTON:

¡Mi querido archidiácono! Son sólo las diez y media.

EL ARCHIDIÁCONO:

(Levantándose.) Siento tener que irme, lady Hunstanton. Los martes mistress Daubeny siempre pasa una mala noche.

LADY HUNSTANTON:

(Levantándose.) Bien; no quiero apartarlo de ella. (Va con él hacia la puerta.) Le he dicho a Farquar que pusiera un par de perdices en el coche. Pueden gustarle a mistress Daubeny.

EL ARCHIDIÁCONO:

Es usted muy amable, pero ahora mistress Daubeny no prueba los alimentos sólidos. Vive enteramente de purés. Pero siempre está maravillosamente alegre. No tiene nada de qué quejarse. (Sale con lady Hunstanton.)

MISTRESS ALLONBY:

(Yendo hacia Lord Illingworth.) Esta noche hay una hermosa luna.

LORD ILLINGWORTH:

Vayamos a contemplarla. Hoy día es encantador contemplar algo que no es constante.

MISTRESS ALLONBY:

Tiene usted su espejo.

LORD ILLINGWORTH:

Es malo. Sólo me muestra mis arrugas.

MISTRESS ALLONBY:

El mío es mejor. Nunca me dice la verdad.

LORD ILLINGWORTH:

Entonces está enamorado de usted. (Salen sir John, lady Stutfield, míster Kelvil y lord Alfred.)

GERALD:

(A Lord Illingworth.) ¿Puedo yo ir también?

LORD ILLINGWORTH:

Claro, querido muchacho. (Va hacia la puerta con mistress Allonby y Gerald. Entra lady Caroline, mira rápidamente a su alrededor y se va en dirección opuesta a la que han tomado sir John y lady Stutfield.)

MISTRESS ARBUTHNOT:

¡Gerald!

GERALD:

¿Qué, mamá? (Sale Lord Illingworth con mistress Allonby.)

MISTRESS ARBUTHNOT:

Es tarde. Vámonos a casa.

GERALD:

Querida mamá, esperemos un poco más. ¡Lord Illingworth, es tan delicioso! Y a propósito, mamá, tengo que darte una gran sorpresa. Nos vamos a la India a finales de este mes.

MISTRESS ARBUTHNOT:

Vámonos a casa.

GERALD:

Si realmente quieres, vámonos, mamá; pero antes debo decirle adiós a Lord Illingworth. Volveré dentro de cinco minutos. (Sale.)

MISTRESS ARBUTHNOT:

Que me abandone si quiere, pero no con él... ¡No con él! No podría soportarlo. (Pasea de un lado para otro. Entra Hester.)

HESTER:

¡Qué hermosa es la noche, mistress Arbuthnot!

MISTRESS ARBUTHNOT:

¿De veras?

HESTER:

Mistress Arbuthnot, yo deseo que seamos amigas. ¡Es usted tan diferente de las demás mujeres que hay aquí! Cuando entró en el salón esta noche trajo con usted la sensación de lo que es bueno y puro en la vida. He sido tonta. Hay cosas que se tiene derecho a decir, pero que no deben decirse fuera de lugar y a gente indigna.

MISTRESS ARBUTHNOT:

Oí lo que dijo. Estoy de acuerdo con ello, miss Worsley.

HESTER:

No sabía que lo hubiese oído. Pero sabía que estaría de acuerdo conmigo. Una mujer que ha pecado debe ser castigada, ¿verdad?

MISTRESS ARBUTHNOT:

Sí.

HESTER:

Y no debía permitírsele entrar en la sociedad de los hombres y mujeres buenos.

MISTRESS ARBUTHNOT:

No debía permitírsele.

HESTER:

Y el hombre debe ser también castigado.

MISTRESS ARBUTHNOT:

Del mismo modo. Y los hijos, si existen, ¿también?

HESTER:

Sí; es justo que los pecados de los padres caigan sobre los hijos. Es una ley justa. Es la ley de Dios.

MISTRESS ARBUTHNOT:

Es una de las terribles leyes de Dios (Va hacia la chimenea.)

HESTER:

¿Siente usted que su hijo la deje, mistress Arbuthnot?

MISTRESS ARBUTHNOT:

Sí.

HESTER:

¿Le agrada que se vaya con Lord Illingworth? Desde luego tendrá posición y dinero; pero la posición y el dinero no lo son todo, ¿verdad?

MISTRESS ARBUTHNOT:

No son nada; traen la miseria.

HESTER:

Entonces ¿por qué deja que su hijo se vaya con él?

MISTRESS ARBUTHNOT:

Lo desea.

HESTER:

Pero si usted le pidiera que se quedase, ¿lo haría?

MISTRESS ARBUTHNOT:

Tiene mucha ilusión en su viaje.

HESTER:

No le negaría a usted nada. La ama demasiado. Pídale que se quede. Déjeme que le diga que venga a hablar con usted. En este momento está en la terraza con Lord Illingworth. Los oí reír cuando pasaba por el salón de música.

MISTRESS ARBUTHNOT:

No se moleste, miss Worsley; puedo esperar. No tiene importancia.

HESTER:

No. Le diré que quiere verlo. Pídale…, pídale que se quede. (Sale Hester)

MISTRESS ARBUTHNOT:

No querrá venir… Sé que no querrá venir. (Entra lady Caroline. Mira a su alrededor con ansiedad. Entra Gerald.)

LADY CAROLINE:

Mistress Arbuthnot, ¿ha visto a sir John en la terraza?

GERALD:

No, lady Caroline, no está en la terraza.

LADY CAROLINE:

Es curioso. Es la hora en que él se retira a descansar. (Sale lady Caroline.)

GERALD:

Querida mamá, siento que hayas estado esperando. Lo había olvidado. ¡Soy tan feliz esta noche! Nunca he sido tan feliz.

MISTRESS ARBUTHNOT:

¿A causa del viaje?

GERALD:

No te pongas así, mamá. Naturalmente que siento dejarte. Eres la mejor madre del mundo. Pero después de todo, como dice Lord Illingworth, es imposible vivir en un sitio como Wrockley. A ti no te preocupa. Yo tengo aspiraciones; quiero algo más que eso. Quiero tener un porvenir. Quiero hacer algo de lo que tú te sientas orgullosa, y Lord Illingworth va a ayudarme. Va a hacerlo todo por mí.

MISTRESS ARBUTHNOT:

Gerald, no te vayas con Lord Illingworth. Te suplico que no lo hagas. ¡Gerald, te lo ruego!

GERALD:

¡Mamá, qué poco constante eres! Ni un solo momento pareces saber lo que deseas. Hace una hora y media, en el salón, estabas de acuerdo con todo; ahora vuelves a poner objeciones e intentas forzarme a que deseche la mejor oportunidad de mi vida. Sí, la mejor oportunidad. No supondrás que hombres como Lord Illingworth se encuentran todos los días, ¿verdad, mamá? Es extraño que cuanto tengo yo tan buena suerte, la única persona que pone dificultades es mi propia madre. Además, tú sabes, mamá, que amo a Hester Worsley ¿Quién no iba a amarla? La amo más de lo que crees, mucho más. Y si tuviera una posición, si tuviera porvenir, podría…, podría pedirle… ¿No entiendes, mamá lo que significa para mí ser el secretario de Lord Illingworth? Si lo fuera, podría pedirle a Hester que fuese mi mujer. Siendo empleado de banco con cien libras al año sería una impertinencia pedírselo.

MISTRESS ARBUTHNOT:

Temo que no puedas tener esperanzas con miss Worsley. Conozco sus puntos de vista sobre la vida. Acaba de decírmelos. (Una pausa.)

GERALD:

Entonces aún tendría mi ambición. Eso es algo… ¡Me alegro de tenerla! Siempre has intentado borrar mi ambición, mamá…, ¿verdad? Me has dicho que el mundo es un lugar de perversión, que el éxito no vale nada, que la sociedad es mala y todas esas cosas… Bien; no lo creo, mamá. Creo que el mundo debe ser delicioso. Creo que la sociedad debe ser exquisita. Creo que el éxito vale mucho. Estabas equivocada cuando me decías eso, mamá, completamente equivocada. Lord Illingworth es un hombre que ha tenido éxito. Es un hombre de moda. Un hombre que vive en el mundo y para el mundo. Bien; yo lo daría todo por ser como Lord Illingworth.

MISTRESS ARBUTHNOT:

Antes querría verte muerto.

GERALD:

Mamá, ¿qué tienes que oponer a Lord Illingworth? Dímelo… Dime la verdad. ¿Qué es?

MISTRESS ARBUTHNOT:

Es un hombre perverso.

GERALD:

¿Perverso? ¿En qué sentido? No entiendo lo que quieres decir.

MISTRESS ARBUTHNOT:

Te lo diré.

GERALD:

Supongo que lo crees malo porque no piensa lo mismo que tú. Los hombres son diferentes de las mujeres, mamá. Es natural que tengan diferentes ideas.

MISTRESS ARBUTHNOT:

No es lo que piensa Lord Illingworth, o lo que no piensa, lo que lo hace malo. Lo hace malo ser como es.

GERALD:

Mamá, ¿es algo que sabes de él? ¿Algo que sabes realmente?

MISTRESS ARBUTHNOT:

Es algo que sé.

GERALD:

¿Algo de lo que estas completamente segura?

MISTRESS ARBUTHNOT:

Completamente segura.

GERALD:

¿Cuánto tiempo hace que lo sabes?

MISTRESS ARBUTHNOT:

Veinte años.

GERALD:

¿Veinte años no es retroceder demasiado en la existencia de un hombre? ¿Y qué tenemos que ver tú y yo con la vida juvenil de Lord Illingworth? ¿Qué nos importa?

MISTRESS ARBUTHNOT:

Lo que un hombre ha sido, lo es ahora y lo será siempre.

GERALD:

Mamá, dime lo que hizo Lord Illingworth. Si fue algo vergonzoso, no iré con él. Me conoces lo suficiente para saber que no me iré.

MISTRESS ARBUTHNOT:

Gerald, acércate a mí. Muy cerca, como solías estar cuando eras pequeño, cuando eras mi pequeño hijo. (Gerald se sienta junto a su madre. Ella le acaricia el cabello y después le coge las manos.) Gerald, hubo hace tiempo una muchacha muy joven; tenía unos dieciocho años por entonces. George Harford…, ése era el nombre que antes tenía Lord Illingworth…, la conoció. Ella no sabía nada de la vida. Él… lo sabía todo. Hizo que esta muchacha lo amase… Hizo que lo amase tanto que ella abandonó una mañana la casa de sus padres. Lo amó mucho, ¡y él le prometió casarse con ella! Hizo la promesa solemne de casarse con ella, y ella lo creyó. Era muy joven e ignoraba cómo era la vida realmente. Pero él aplazó el matrimonio semana tras semana, mes tras mes. Ella aún confiaba en él. Lo amaba. Antes que su hijo naciese, porque tuvieron un hijo, le imploró, aunque fuese por el niño, que se casase con ella para que la criatura tuviera un nombre, para que no recayese sobre ella el peso del pecado que no había cometido. Él se negó. Cuando el niño nació, ella lo dejó, llevándose consigo a su hijo, y su vida quedó destrozada, su alma arruinada, y todo lo que en ella había de dulce, bueno y puro quedó mancillado. Ella sufrió terriblemente… Sufre ahora. Y sufrirá siempre. Para ella no hay paz ni alegría. Es una mujer que arrastra su cadena como un criminal. Es una mujer que lleva máscara como un leproso. El fuego no puede purificarla. El agua no puede borrar su angustia. ¡Nada puede sanarla! ¡No hay narcótico que pueda hacerla dormir! ¡No hay adormideras que la hagan olvidar! ¡Está perdida! ¡Es un alma perdida! Por eso digo que Lord Illingworth es malo. Por eso no quiero que mi hijo se vaya con él.

GERALD:

Querida madre, todo eso suena muy trágico. Pero me atrevo a decir que la muchacha tiene la misma culpa que Lord Illingworth. Después de todo, una muchacha verdaderamente buena, una muchacha con buenos sentimientos, no se va de su casa con un hombre con el que no está casada ni vive con él como si fuera su esposa. Ninguna muchacha decente lo haría.

MISTRESS ARBUTHNOT:

(Después de una pausa.) Gerald, retiro todas mis objeciones. Estás libre de irte con Lord Illingworth cuando y a donde quieras.

GERALD:

Querida madre, sabía que no te interpondrías en mi camino. Eres la mujer más buena que Dios ha creado. Y en cuanto a Lord Illingworth, no creo que sea culpable de nada infame. No puedo creerlo de él… No puedo.

HESTER:

(Dentro.) ¡Déjeme! ¡Déjeme! (Entra Hester aterrorizada y se arroja en los brazos de Gerald.) ¡Oh! ¡Sálveme! ¡Sálveme de él!

GERALD:

¿De quién?

HESTER:

¡Me ha insultado! ¡Me ha insultado horriblemente! (Entra Lord Illingworth por el fondo. Hester se desprende de los brazos de Gerald y lo señala.)

GERALD:

(Fuera de sí, lleno de rabia e indignación.) Lord Illingworth, ha insultado al ser más puro de la tierra, a un ser tan puro como mi madre. Ha insultado a la mujer que, junto con mi madre, amo más en el mundo. ¡Como hay un Dios en el cielo que lo mataré!

MISTRESS ARBUTHNOT:

(Corriendo a sujetarlo.) ¡No! ¡No!

GERALD:

(Desembarazándose de ella.) No me sujetes, mamá. No me sujetes… ¡Lo mataré!

MISTRESS ARBUTHNOT:

¡Gerald!

GERALD:

¡Déjame te digo!

MISTRESS ARBUTHNOT:

¡Detente, Gerald, detente! ¡Es tu padre! (Gerald agarra las manos de su madre y la mira a la cara. Ella se derrumba lentamente al suelo, llena de vergüenza. Hester se desliza hacia la puerta. Lord Illingworth frunce el ceño y se muerde el labio. Después de un momento, Gerald levanta a su madre, la rodea con el brazo y la conduce fuera de la habitación.)

TELÓN.

ACTO CUARTO

Escena: cuarto de estar en la casa de mistress Arbuthnot, en Wrockley. Ventanal al fondo que da al jardín. Puertas a derecha e izquierda. Gerald Arbuthnot escribe sobre una mesa. Entra Alice por la derecha seguida de lady Hunstanton y mistress Allonby.

ALICE:

Lady Hunstanton y mistress Allonby. (Sale por la izquierda.)

LADY HUNSTANTON:

Buenos días, Gerald.

GERALD:

(Levantándose.) Buenos días, lady Hunstanton. Buenos días, mistress Allonby.

LADY HUNSTANTON:

(Sentándose.) Venimos a preguntar por su querida madre, Gerald. ¿Supongo que ya estará mejor?

GERALD:

Mi madre no ha bajado todavía, lady Hunstanton.

LADY HUNSTANTON:

¡Ah! Temo que anoche hacía demasiado calor para ella. Creo que ha habido truenos. O quizá fuera la música. ¡La música me hace sentirme tan romántica! Al menos me calma los nervios.

MISTRESS ALLONBY:

Hoy día las dos cosas son lo mismo.

LADY HUNSTANTON:

Me alegro de no saber lo que ha querido usted decir, querida. Temo que sea algo malo. ¡Ah! ¡Qué bonita es esta habitación! ¿No es cierto que es bonita y antigua?

MISTRESS ALLONBY:

(Observando con sus lentes la habitación.) Parece enteramente el feliz hogar inglés.

LADY HUNSTANTON:

Ésa es la palabra justa, querida. Eso lo describe perfectamente. Se siente la buena influencia de su madre en todo lo que hay alrededor, Gerald.

MISTRESS ALLONBY:

Lord Illingworth dice que toda influencia es mala, pero que la buena influencia es la peor del mundo.

LADY HUNSTANTON:

Cuando Lord Illingworth conozca mejor a mistress Arbuthnot, cambiará de opinión. Ciertamente, debo traerlo aquí.

MISTRESS ALLONBY:

Me gustaría ver a Lord Illingworth en un feliz hogar inglés.

LADY HUNSTANTON:

Le haría mucho bien, querida. La mayoría de las mujeres de Londres parece que no amueblan sus habitaciones con otra cosa que con orquídeas y con novelas francesas. Pero aquí tenemos la habitación de una santa. Flores frescas y naturales, libros que no escandalizan, cuadros que una puede mirar sin ruborizarse.

MISTRESS ALLONBY:

Pero a mí me gusta ruborizarme.

LADY HUNSTANTON:

Bueno, hay mucho que decir a favor del rubor, si una sabe tenerlo en el momento preciso. El pobre y querido Hunstanton solía decirme que yo no me ruborizaba lo bastante. Pero entonces él era muy particular. No me dejó conocer a ninguno de sus amigos, excepto a los que tenían setenta años, como el pobre Lord Ashton, que por cierto después estuvo ante el tribunal. Un caso muy desafortunado.

MISTRESS ALLONBY:

Me gustan los hombres de setenta años. Siempre ofrecen devoción para toda la vida. Creo que los setenta años es una edad ideal para un hombre.

LADY HUNSTANTON:

Es usted incorregible, ¿verdad, Gerald? ¡Ah! Espero que ahora su querida madre venga a verme con más frecuencia. Usted y Lord Illingworth se marcharán casi inmediatamente, ¿verdad?

GERALD:

Ya no tengo la intención de ser el secretario de Lord Illingworth.

LADY HUNSTANTON:

¡Cómo! ¡Gerald! Sería una enorme tontería por su parte. ¿Qué razón tiene para eso?

GERALD:

No creo ser apropiado para el puesto.

MISTRESS ALLONBY:

Desearía que Lord Illingworth me pidiese que fuera su secretaria. Pero él dice que no soy lo bastante seria.

LADY HUNSTANTON:

Querida, no debe hablar así en esta casa. Mistress Arbuthnot no sabe nada sobre la sociedad perversa en que nosotros vivimos. No quiere entrar en ella. Es demasiado buena. Consideré un gran honor que viniese a mi casa anoche. Le dio una atmósfera de respetabilidad a la reunión.

MISTRESS ALLONBY:

¡Ah! Eso debe haber sido lo que usted creyó que eran truenos.

LADY HUNSTANTON:

Querida, ¿cómo puede decir eso? No hay relación alguna entre ambas cosas. Pero realmente, Gerald, ¿qué entiende usted por no ser apropiado?

GERALD:

Las ideas de Lord Illingworth sobre la vida son demasiado diferentes de las mías.

LADY HUNSTANTON:

Pero, mi querido Gerald, a su edad no debería usted tener ideas sobre la vida. Están completamente fuera de lugar. En este asunto deberían guiarle los demás. Lord Illingworth le ha hecho una gran oferta, y viajando con él vería usted el mundo, o al menos mucho mundo, bajo los mejores auspicios posibles, y alternaría con la gente elevada, lo cual es muy importante en este solemne momento para su carrera.

GERALD:

No quiero ver el mundo; ya he visto bastante de él.

MISTRESS ALLONBY:

Supongo que no se imaginará usted que ha agotado la vida, míster Arbuthnot. Cuando un hombre dice eso se sabe que la vida lo ha agotado a él.

GERALD:

No deseo dejar a mi madre.

LADY HUNSTANTON:

Gerald, eso es simple pereza por su parte. ¡No dejar a su madre! Si yo fuera su madre, insistiría en que se marchase. (Entra Alice por la izquierda.)

ALICE:

Mistress Arbuthnot les pide disculpas, pero tiene un fuerte dolor de cabeza y no puede ver a nadie esta mañana, señora. (Sale por la derecha.)

LADY HUNSTANTON:

(Levantándose.) ¡Un fuerte dolor de cabeza! ¡Lo siento! Quizá puede usted llevarla a Hunstanton esta tarde si se encuentra mejor, Gerald.

GERALD:

Temo que esta tarde no, lady Hunstanton.

LADY HUNSTANTON:

Bueno, mañana entonces. ¡Ah! Si tuviera usted padre, Gerald, no dejaría que malgastase usted aquí su vida. Lo enviaría inmediatamente con Lord Illingworth. ¡Pero las madres son tan débiles! Somos todo corazón, todo corazón. Vamos, querida; tengo que ir a la parroquia a preguntar por mistress Daubeny, pues me temo que no esté muy bien. Es maravillosa la forma en que el archidiácono lo soporta todo, maravillosa. Es el más agradable de los maridos. Un modelo. Adiós, Gerald; dele mis más cariñosos recuerdos a su madre.

MISTRESS ALLONBY:

Adiós, míster Arbuthnot.

GERALD:

Adiós. (Salen lady Hunstanton y mistress Allonby. Gerald se sienta y lee su carta.) ¿Con qué nombre puedo firmar? No tengo derecho a ninguno. (Firma, pone la carta en un sobre, escribe las señas y va a cerrarla cuando se abre la puerta de la izquierda y entra mistress Arbuthnot. Gerald deja el lacre. Madre e hijo se miran.)

LADY HUNSTANTON:

(A través del ventanal del fondo.) Adiós otra vez, Gerald. Nos vamos acortando camino por su bonito jardín. Y recuerde mi consejo… Márchese con Lord Illingworth.

MISTRESS ALLONBY:

«Au revoir», míster Arbuthnot. Acuérdese de traerme algo de sus viajes; pero no un chal de la India; eso no. (Salen.)

GERALD:

Mamá, acabo de escribirle.

MISTRESS ARBUTHNOT:

¿A quién?

GERALD:

A mi padre. Le he escrito para decirle que venga aquí esta tarde a las cuatro.

MISTRESS ARBUTHNOT:

No vendrá. No entrará en mi casa.

GERALD:

Debe venir.

MISTRESS ARBUTHNOT:

Gerald, si vas a irte con Lord Illingworth, vete inmediatamente. Antes que yo muera de dolor; pero no me pidas que lo vea.

GERALD:

Mamá, no me entiendes. Nada en el mundo me inducirá a irme con Lord Illingworth o a dejarte a ti. Me conoces lo bastante bien para saber eso. No; le he escrito para decirle…

MISTRESS ARBUTHNOT:

¿Qué puedes tú decirle?

GERALD:

¿No puedes adivinar lo que he escrito en esta carta, mamá?

MISTRESS ARBUTHNOT:

No.

GERALD:

Mamá, claro que puedes. Piensa, piensa lo que tiene que suceder ahora, inmediatamente, uno de estos días.

MISTRESS ARBUTHNOT:

No tiene que suceder nada.

GERALD:

Le he escrito a Lord Illingworth para decirle que se case contigo.

MISTRESS ARBUTHNOT:

¿Casarse conmigo?

GERALD:

Mamá, lo obligaré a hacerlo. El mal que te ha hecho debe ser reparado. Hay que hacer justicia. La justicia puede ser lenta, mamá, pero al fin llega. Dentro de unos días serás la legítima esposa de Lord Illingworth.

MISTRESS ARBUTHNOT:

Pero, Gerald…

GERALD:

Insistiré hasta que lo haga. Lo obligaré. No se atreverá a negarse.

MISTRESS ARBUTHNOT:

Pero, Gerald, soy yo quien se niega. No quiero casarme con Lord Illingworth.

GERALD:

¿No quieres casarte con él? ¡Mamá!

MISTRESS ARBUTHNOT:

No quiero casarme con él.

GERALD:

Pero no entiendes. Es por ti por lo que quiero que esto se haga, no por mí. Este matrimonio, este matrimonio necesario, este matrimonio que por razones obvias debe llevarse a cabo, no me ayudará a mí, no me dará el nombre que realmente tengo derecho a llevar. Pero seguramente será algo para ti el que tú, mi madre, aunque tarde, seas la esposa del hombre que es mi padre. ¿No significa eso nada?

MISTRESS ARBUTHNOT:

No quiero casarme con él.

GERALD:

Mamá, debes hacerlo.

MISTRESS ARBUTHNOT:

No lo haré. Hablas de una compensación por el mal que me ha hecho. ¿Qué compensación podría encontrar yo? No hay compensación posible. Estoy degradada. Él no. Eso es todo. Es la historia corriente de un hombre y una mujer, como ocurre siempre. Y el final es el final de siempre la mujer sufre; el hombre queda libre.

GERALD:

No sé si será el final de siempre, mamá; espero que no. Pero tu vida, al menos, no terminará así. El hombre dará todas las reparaciones posibles. No es suficiente. Eso no borra el pasado, ya lo sé. Pero al menos marca un futuro mejor, mejor para ti, mamá.

MISTRESS ARBUTHNOT:

Me niego a casarme con Lord Illingworth.

GERALD:

Si viniese él mismo a pedirte que fueras su mujer, le darías una contestación diferente. Recuerda que es mi padre.

MISTRESS ARBUTHNOT:

Si viniese él mismo, lo cual no hará, mi contestación sería la misma. Recuerda que yo soy tu madre.

GERALD:

Mamá, haces mi intención terriblemente difícil al hablar así, y no puedo entender por qué no quieres ver este asunto desde el punto de vista del derecho, desde el punto de vista lógico. Es para borrar toda la amargura de tu vida, para borrar la sombra que oculta tu nombre, para eso es para lo que debe tener lugar tu matrimonio. No hay alternativa; y después del matrimonio tú y yo podemos irnos juntos. Pero primero debe celebrarse éste. Es un deber que tienes que cumplir no sólo por ti, sino por todas las demás mujeres… Sí; para que él no pueda deshonrar a ninguna otra.

MISTRESS ARBUTHNOT:

No tengo que hacer nada por las demás mujeres. Ni una sola me ayudó. No hay una sola mujer en el mundo a la que yo pueda pedir piedad, si la quisiera, o simpatía, si la pudiera ganarla. Las mujeres son duras entre sí. Anoche esa muchacha, con todo lo buena que es, escapó de la habitación como si yo fuese una cosa corrompida. Tenía razón. Estoy corrompida. Pero mis errores son míos, y puedo soportarlos sola. Debo soportarlos sola. ¿Qué tienen que ver conmigo las mujeres que no han pecado, ni yo con ellas? No nos comprendemos. (Entra Hester por el fondo, a espaldas de ellos.)

GERALD:

Te imploro que hagas lo que te pido.

MISTRESS ARBUTHNOT:

¿Qué hijo pidió nunca a su madre que hiciese un sacrificio tan horrible? Ninguno.

GERALD:

¿Qué madre se negó a casarse con el padre de su propio hijo? Ninguna.

MISTRESS ARBUTHNOT:

Déjame entonces que sea la primera. No lo haré.

GERALD:

Mamá, tú crees en la religión y me educaste para que yo también creyese en ella. Bien; pues tu religión, la religión que me enseñaste cuando yo era pequeño, mamá, debe decirte que tengo razón. Lo sabes, te das cuenta de ello.

MISTRESS ARBUTHNOT:

No lo sé. No me doy cuenta, ni iré ante el altar de Dios para pedirle que bendiga una burla tan horrible como sería mi matrimonio con George Harford. No diré las palabras que la Iglesia ordena decir. No las diré. No podría atreverme. ¿Cómo podría jurar amar a un hombre que odio, honrar a un hombre que me ha traído el deshonor, obedecer al que con su experiencia me hizo pecar? No; el matrimonio es un sacramento para los que se aman mutuamente. No es para seres como él y como yo. Gerald, para salvarte de las burlas y las imprecaciones del mundo he mentido al mundo. Le he mentido durante veinte años. No podía decirle al mundo la verdad. ¿Quién lo hubiera hecho? Pero no iré a mentir a Dios y en presencia de Dios. No, Gerald, ningún acto regulado por la Iglesia o el Estado podrá unirme a George Harford. Puede ser que esté ya demasiado unida a él, que, después de robarme, me abandonó más rica, pues hallé la más preciada perla en mi vida o lo que yo creí que lo era.

GERALD:

Ahora no te entiendo.

MISTRESS ARBUTHNOT:

Los hombres no entienden lo que son las madres. Yo no soy diferente a las otras mujeres, excepto en el mal que me han hecho y el mal que hice yo, y en mi enorme castigo y mi gran desgracia. Sin embargo, por ti he tenido que mirar a la muerte. Para criarte he combatido con ella. La muerte luchó conmigo por ti. Todas las mujeres tenemos que luchar con la muerte para guardar a nuestros hijos. La muerte que no tiene hijos quiere los hijos de los demás. Gerald, cuando estabas desnudo, yo te vestí; cuando tuviste hambre, yo te di de comer. Te cuidé noche y día durante todo el largo invierno. No hay tarea ni cuidado demasiado pequeños para el ser que las mujeres amamos... Y, ¡oh! ¡Cómo te amaba yo! Más de lo que Ana amó a Samuel. Y tú necesitabas amor, porque eras débil, y sólo el amor podía hacerte vivir. Sólo el amor puede hacer vivir a cualquiera. Y los niños generalmente no se preocupan y causan dolor, y nosotras siempre pensamos que cuando sean hombre y nos conozcan mejor nos compensarán. Pero no es así. El mundo los aleja de nuestro lado, y ellos se hacen amigos con los cuales son más felices que con nosotras y tienen diversiones en las que nosotras no contamos e intereses que no son los nuestros, y frecuentemente son injustos con nosotras, porque cuando encuentran amarga la vida nos hacen reproches y cuando la encuentran dulce no dejan que compartamos con ellos su dulzura... Has tenido muchos amigos, has ido a sus casas y te has divertido con ellos, mientras que yo, con mi secreto, no me atrevía a seguirte, sino que me quedaba en casa, cerraba la puerta y permanecía en tinieblas. Mi pasado estaba conmigo... Y tú creíste que no me preocupaban las cosas agradables de la vida. Pues las deseaba, pero no me atrevía a tocarlas, sintiendo que no tenía derecho. Creíste que yo era más feliz trabajando entre los pobres. Imaginaste que ésa era mi misión. No lo era. Pero ¿qué iba a hacer? El enfermo no pregunta si la mano que arregla su almohada es pura, ni al moribundo le preocupa si los labios que tocan su frente han conocido el beso del pecado. Era en ti en quien yo pensaba todo el tiempo; les di a ellos el amor que tú no necesitabas; les di un amor que no era suyo... Y tú creíste que yo ocupaba mucho tiempo en estar en la iglesia y en hacer mis deberes religiosos. Pero ¿dónde podía ir? La casa de Dios es la única en que los pecadores son bienvenidos, y tú siempre estabas en mi corazón, Gerald, demasiado dentro de mi corazón. Porque aunque día tras día me he arrodillado en la casa de Dios, nunca me he arrepentido de mi pecado. ¿Cómo podía arrepentirme de mi pecado si tú, mi amor, eres su fruto? Aún ahora que eres duro conmigo no me arrepiento. No. Tú eres para mí más que la inocencia. Prefiero infinitamente ser tu madre que haber sido siempre pura. ¡Oh! ¡Lo prefiero! ¿No ves? ¿No te das cuenta? Es mi deshonor lo que me ha hecho quererte tanto. Es mi desgracia la que me ha unido tanto a ti. Es el precio que he pagado por ti, el precio de mi alma y de mi cuerpo lo que ha hecho que te ame como te amo. ¡Oh! No me pidas que haga esa cosa horrible. ¡Eres el hijo de mi vergüenza; síguelo siendo!

GERALD:

Mamá, no sabía que me querías tanto. Y seré un hijo mejor de lo que he sido. Y tú y yo nunca debemos separarnos… Pero, mamá… No lo puedo evitar… Debes ser la esposa de mi padre. Debes casarte con él. Es tu deber.

HESTER:

(Adelantándose y abrazando a mistress Arbuhnot.) No, no; no lo hará usted. Eso sería un verdadero deshonor, el primero que hubiese usted conocido. Sería una verdadera desgracia, la primera que padecería. Déjele y venga conmigo. Hay otros países además de Inglaterra… ¡Oh! Otros países tras el océano que son mejores, más buenos y menos injustos. El mundo es muy ancho y extenso.

MISTRESS ARBUTHNOT:

Pero no para mí. Para mí es como la palma de la mano, y por donde yo ando hay espinas.

HESTER:

No será así. En algún sitio encontraremos verdes campiñas y agua fresca, y si tenemos que llorar, lloraremos juntas. ¿No lo amamos las dos?

GERALD:

¡Hester!

HESTER:

(Rechazándolo.) ¡No, no! No puede amarme a mí si no la ama también a ella. No puede honrarme a mí si a ella no la cree una santa. En ella han sufrido martirio todas las mujeres. No es ella sola, sino todas nosotras las que nos sentimos destrozadas en ella.

GERALD:

Hester, Hester, ¿qué debo hacer?

HESTER:

¿Respeta al hombre que es su padre?

GERALD:

¿Respetarle? ¡Lo desprecio! Es un infame.

HESTER:

Gracias por salvarme anoche de él.

GERALD:

¡Ah! Eso no es nada. Moriría por salvarla a usted. ¡Pero no me dice lo que ahora debo hacer!

HESTER:

¿No le he dado las gracias por su ayuda?

GERALD:

Pero ¿qué debo hacer?

HESTER:

Pregúntele a su corazón, no al mío. Nunca he tenido una madre que proteger o afligir.

MISTRESS ARBUTHNOT:

Es cruel…, cruel. Déjeme que me vaya.

GERALD:

(Se abalanza hacía su madre y se pone de rodillas junto a ella.) Mamá, perdóname. He estado ciego.

MISTRESS ARBUTHNOT:

No me beses las manos; están frías. Mi corazón también lo está; algo se ha roto en él.

HESTER:

¡Ah! No diga eso. Los corazones reviven al ser heridos. El placer puede convertir un corazón en piedra, la riqueza puede endurecerlo; pero el dolor… ¡Oh! El dolor no puede romperlo. Además, ¿qué dolor tiene usted ahora? En este momento él la quiere más que nunca, la quiere como antes… ¡Oh! ¡La ha querido a usted siempre! Sea buena con él.

GERALD:

Eres mi madre y mi padre en la misma persona. No necesito un segundo padre. Era por ti por quien hablaba, sólo por ti. ¡Oh! Di algo, mamá. ¿He encontrado un amor para perder otro? Dímelo. ¡Oh! Mamá, eres cruel. (Se levanta y se arroja llorando en el sofá.)

MISTRESS ARBUTHNOT:

(A Hester.) Pero ¿ha encontrado realmente otro amor?

HESTER:

Usted sabe que lo he amado siempre.

MISTRESS ARBUTHNOT:

Pero nosotros somos muy pobres.

HESTER:

¿Quién es pobre cuando es amado? ¡Oh! Nadie. Odio mis riquezas. Son una carga. Déjele compartirlas conmigo.

MISTRESS ARBUTHNOT:

Pero estamos deshonrados. Nuestro lugar está entre los parias. Gerald no tiene nombre. El pecado de los padres ha caído sobre el hijo. Es la ley de Dios.

HESTER:

Yo estaba equivocada. La ley de Dios es sólo el amor.

MISTRESS ARBUTHNOT:

(Se levanta y coge a Hester de la mano. Va lentamente hasta donde está Gerald en el sofá, con el rostro entre las manos. Le toca y él la mira.) Gerald, no puedo darte un padre, pero te he traído una esposa.

GERALD:

Mamá, no soy digno de ella ni de ti.

MISTRESS ARBUTHNOT:

Ella viene a ti porque eres digno. Y cuando estés lejos, Gerald…, con… ella… ¡Oh! Acuérdate de mí. No me olvides. Y cuando reces, reza por mí. Hay que rezar cuando se es feliz, y tú serás feliz, Gerald.

HESTER:

¡Oh! ¿No pensará dejarnos?

GERALD:

Mamá, ¿no querrás dejarnos?

MISTRESS ARBUTHNOT:

¡Yo podría avergonzaros!

GERALD:

¡Mamá!

MISTRESS ARBUTHNOT:

Entonces solamente algún tiempo, y si después queréis, con vosotros para siempre.

HESTER:

(A mistress Arbuthnot.) Salga con nosotros al jardín.

MISTRESS ARBUTHNOT:

Más tarde, más tarde. (Salen Hester y Gerald. Mistress Arbuthnot va hacia la puerta de la izquierda. Se detiene ante el espejo que hay sobre el estante de la chimenea y se mira en él. Entra Alice por la derecha.)

ALICE:

Un caballero quiere verla, señora.

MISTRESS ARBUTHNOT:

Dígale que no estoy en casa. Enséñame su tarjeta. (Coge la tarjeta de la bandeja y la mira.) Dígale que no quiero verlo. (Entra Lord Illingworth. Mistress Arbuthnot lo ve por el espejo y se estremece, pero no se vuelve. Alice sale.) ¿Qué tienes que decirme hoy, George Harford? No puedes tener nada que decirme. Debes abandonar esta casa.

LORD ILLINGWORTH:

Rachel, ahora Gerald lo sabe todo acerca de ti y de mí, así que debemos hacer un arreglo que nos convenga a los tres. Te aseguro que él encontrará en mí al más encantador y generoso de los padres.

MISTRESS ARBUTHNOT:

Mi hijo puede venir en cualquier momento. Te salvé anoche. No seré capaz de salvarte otra vez. Mi hijo siente muy dentro de él mi deshonor, terriblemente dentro. Te ruego que te vayas.

LORD ILLINGWORTH:

Anoche ocurrió algo desafortunado. Esa tonta muchacha puritana hizo una escena sólo porque quise besarla. ¿Qué mal hay en un beso?

MISTRESS ARBUTHNOT:

(Volviéndose.) Un beso puede arruinar una vida humana, George Harford. Yo lo sé. Lo sé demasiado bien.

LORD ILLINGWORTH:

No discutamos eso ahora. Lo que hoy importa es nuestro hijo. Me agrada mucho, como sabes, y aunque te extrañe, me admiró su conducta de anoche. Se decidió con gran prontitud a defender a esa bonita gazmoña americana. Es justo como me hubiera gustado que fuese un hijo mío. Excepto que ningún hijo mío debería ponerse del lado de los puritanos; eso es siempre un error. Ahora lo que me propongo es…

MISTRESS ARBUTHNOT:

Ninguna proposición tuya me interesa.

LORD ILLINGWORTH:

De acuerdo con nuestras ridículas leyes inglesas no puedo legitimar a Gerald. Pero puedo dejarle mis propiedades. Illingworth está incluido, desde luego, pero es una aburrida barraca. Puede quedarse con Ashby, que es mucho más bonito, con Harborough, que es el mejor coto de caza del norte de Inglaterra, y con la casa de Saint James Square. ¿Qué más puede desear un hombre en este mundo?

MISTRESS ARBUTHNOT:

Nada más, estoy segura.

LORD ILLINGWORTH:

En cuanto a título, el título es realmente una carga en estos tiempos democráticos. Como George Harford tenía todo lo que quería. Ahora sólo tengo lo que quieren los demás, lo cual no es tan agradable. Bien; mi propósito es éste…

MISTRESS ARBUTHNOT:

Te he dicho que no me interesa, y te he pedido que te vayas.

LORD ILLINGWORTH:

El muchacho estará seis meses al año contigo y los otros seis conmigo. Es perfectamente lógico, ¿no? Tú puedes tener la renta que quieras y vivir donde gustes. En cuanto a tu pasado, nadie sabe nada de él, excepto Gerald y yo. Está la puritana, desde luego, la puritana de la blanca muselina, pero ella no cuenta. No podrá contar la historia sin explicar que se opuso a ser besada. Y todas las mujeres pensarían que era tonta y los hombres que era aburrida. Y no tienes que temer que Gerald no sea mi heredero. Yo necesito decirte que no tengo ni las más ligera intención de casarme.

MISTRESS ARBUTHNOT:

Llegas demasiado tarde. Mi hijo no te necesita. No le eres necesario.

LORD ILLINGWORTH:

¿Qué quieres decir, Rachel?

MISTRESS ARBUTHNOT:

Que no eres necesario para el porvenir de Gerald. No te necesita.

LORD ILLINGWORTH:

No te entiendo.

MISTRESS ARBUTHNOT:

Mira al jardín. (Lord Illíngworth se levanta y va hacia la ventana.) Sería mejor que no te viera; le traerías recuerdos desagradables. (Lord Illingworth mira hacia fuera y se estremece.) Ella lo ama. Ambos se aman. Estamos a salvo de ti y nos vamos a marchar.

LORD ILLINGWORTH:

¿Adónde?

MISTRESS ARBUTHNOT:

No te lo diremos, y si nos encuentras, no te conoceremos. Pareces Sorprendido. ¿Qué bienvenida podrías esperar de la muchacha cuyos labios intentaste manchar, del muchacho cuya vida llenaste de vergüenza, de la madre cuyo deshonor se debe a ti?

LORD ILLINGWORTH:

Te has vuelto muy dura, Rachel.

MISTRESS ARBUTHNOT:

Una vez fui demasiado débil. Gracias a Dios he cambiado.

LORD ILLINGWORTH:

Yo era muy joven entonces. Los hombres conocemos la vida demasiado pronto.

MISTRESS ARBUTHNOT:

Y las mujeres demasiado tarde. Ésa es la diferencia entre unos y otros. (Una pausa.)

LORD ILLINGWORTH:

Rachel, quiero mi hijo. Ahora mi dinero no le hace falta, pero yo quiero mi hijo. Unámonos, Rachel. Puedes hacerlo, si quieres. (Ve la carta sobre la mesa.)

MISTRESS ARBUTHNOT:

No hay lugar para ti en la vida de mi hijo. No se interesa por ti.

LORD ILLINGWORTH:

Entonces, ¿por qué me escribe?

MISTRESS ARBUTHNOT:

¿Qué quieres decir?

LORD ILLINGWORTH:

¿Qué es esta carta? (Coge la carta.)

MISTRESS ARBUTHNOT:

Eso…; nada. Dámela.

LORD ILLINGWORTH:

Está dirigida a mí.

MISTRESS ARBUTHNOT:

No la abras. Te lo prohíbo.

LORD ILLINGWORTH:

Y es la letra de Gerald.

MISTRESS ARBUTHNOT:

No iba a ser enviada. La escribió esta mañana antes de verme. Pero ahora lamenta haberla escrito, lo lamenta mucho. No la abras. Dámela.

LORD ILLINGWORTH:

Me pertenece. (La abre, se sienta y la lee lentamente. Mistress Arbuthnot lo observa todo el tiempo.) ¿Supongo que tú ya las habrás leído, Rachel?

MISTRESS ARBUTHNOT:

No.

LORD ILLINGWORTH:

¿Sabes lo que dice?

MISTRESS ARBUTHNOT:

¡Sí!

LORD ILLINGWORTH:

No admito ni por un instante que el muchacho tenga razón en lo que dice. No admito que sea mi deber casarme contigo. No estoy de acuerdo en absoluto. Pero para recuperar a mi hijo estoy dispuesto… Sí, estoy dispuesto a casarme contigo, Rachel…, y a tratarte siempre con la deferencia y respetos debidos a una esposa. Me casaré contigo tan pronto como quieras. Te doy mi palabra de honor.

MISTRESS ARBUTHNOT:

Antes ya me lo prometiste una vez y no lo cumpliste.

LORD ILLINGWORTH:

Lo haré ahora. Y eso te demostrará que quiero a mi hijo, al menos tanto como tú. Porque si me caso contigo, Rachel, tendré que renunciar a algunas ambiciones. Ambiciones elevadas, si es que existen las ambiciones elevadas.

MISTRESS ARBUTHNOT:

Me niego a casarme contigo.

LORD ILLINGWORTH:

¿Hablas en serio?

MISTRESS ARBUTHNOT:

Sí.

LORD ILLINGWORTH:

¿Por qué razones? Me interesan enormemente.

MISTRESS ARBUTHNOT:

Ya se las he explicado a mi hijo.

LORD ILLINGWORTH:

Supongo que serán muy sentimentales, ¿no? Las mujeres vivís por y para vuestras emociones. No poseéis filosofía de la vida.

MISTRESS ARBUTHNOT:

Tienes razón. Las mujeres vivimos por y para nuestras emociones. Por y para nuestras pasiones, si lo quieres. Yo tengo dos pasiones: el amor hacia mi hijo y el odio hacia ti. Tú no puedes borrarlas. Se alimentan entre sí.

LORD ILLINGWORTH:

¿Qué clase de amor es ése que necesita tener el odio por hermano?

MISTRESS ARBUTHNOT:

La clase de amor que yo tengo por Gerald. ¿Crees que es terrible? Bien; lo es. Todo amor es terrible. Todo amor es una tragedia. Yo te amé una vez. ¡Qué tragedia es para una mujer haberte amado!

LORD ILLINGWORTH:

¿Te niegas a casarte conmigo?

MISTRESS ARBUTHNOT:

Sí.

LORD ILLINGWORTH:

¿Porque me odias?

MISTRESS ARBUTHNOT:

Sí.

LORD ILLINGWORTH:

¿Y mi hijo me odia como tú?

MISTRESS ARBUTHNOT:

No.

LORD ILLINGWORTH:

Me alegro de oír eso, Rachel.

MISTRESS ARBUTHNOT:

Simplemente, te desprecia.

LORD ILLINGWORTH:

¡Qué lástima! Qué lástima para él, quiero decir.

MISTRESS ARBUTHNOT:

Los hijos empiezan por amar a sus padres. Después los juzgan. Raramente los perdonan.

LORD ILLINGWORTH:

(Lee la carta otra vez muy lentamente.) ¿Puedo preguntarte qué argumentos has usado para hacer que el muchacho que ha escrito esta carta, esta bella y apasionada carta, dejase de creer que debías casarte con su padre, con el padre de tu hijo?

MISTRESS ARBUTHNOT:

No he sido yo la que lo ha convertido. Ha sido otra.

LORD ILLINGWORTH:

¿Y quién es esa criatura «fin de siécle»?

MISTRESS ARBUTHNOT:

La puritana.

LORD ILLINGWORTH:

(Frunce el ceño, luego se levanta lentamente y va hacia la mesa donde está su sombrero y sus guantes. Mistress Arbuthnot permanece junto a la mesa. Él coge uno de sus guantes y empieza a ponérselo.) Entonces ¿ya no tengo nada que hacer aquí, Rachel?

MISTRESS ARBUTHNOT:

Nada.

LORD ILLINGWORTH:

¿Es un adiós?

MISTRESS ARBUTHNOT:

Espero que esta vez para siempre.

LORD ILLINGWORTH:

¡Qué curioso! En este momento estás igual que la noche que me dejaste, hace veinte años. Tienes la misma expresión en la boca. Te doy mi palabra, Rachel, que ninguna mujer me ha amado como tú. Tú te diste a mí como una flor para que yo hiciese con ella lo que quisiera. Fuiste el más bonito de los juguetes, la más fascinante de las novelas… (Saca su reloj.) ¡Las dos menos cuarto! Debo volver a Hunstanton. Supongo que no volveré a verte. Lo siento, lo siento de veras. Es una experiencia divertida encontrarse entre las personas de nuestro mismo rango y tratando muy seriamente a la querida de uno y a su… (Mistress Arbuthnot coge el guante y cruza la cara de Lord Illingworth con él. Lord Illingworth se estremece. Le turba lo insultante del castigo. Por fin se controla, va hacía la ventana y mira a su hijo. Suspira y abandona la habitación.)

MISTRESS ARBUTHNOT:

Lo hubiera dicho. Lo hubiera dicho. (Entran Gerald y Hester desde el jardín.)

GERALD:

Bueno, querida mamá. Después de todo no has salido, así que venimos a buscarte. Mamá, ¿has estado llorando? (Se arrodilla junto a ella.)

MISTRESS ARBUTHNOT:

¡Hijo mío! ¡Hijo mío! ¡Hijo mío! (Le acaricia el cabello.)

HESTER:

(Acercándose.) Pero ahora tiene usted dos hijos. ¿Me quiere como hija?

MISTRESS ARBUTHNOT:

(Levantando la vista.) ¿Me quiere usted como madre?

HESTER:

A usted entre todas las mujeres que he conocido. (Van hacia la puerta que da al jardín rodeándose mutuamente la cintura con el brazo. Gerald va hacia la mesa de la izquierda a por su sombrero. Al volverse ve el guante de Lord Illingworth en el suelo y lo recoge.)

GERALD:

Mamá, ¿qué guante es éste? ¿Has tenido una visita? ¿Quién era?

MISTRESS ARBUTHNOT:

(Volviéndose.) ¡Oh! Nadie. Nadie en particular. Un hombre sin importancia.

TELÓN.